POUR L'AMOUR D'UNE SASUNNACH

Aurélie Depraz

POUR L'AMOUR D'UNE SASUNNACH

Roman

Aurélie Depraz
Résidence Cristal – apt 66
5 rue Marguerite Crauste – 33 000 Bordeaux
http://aureliedepraz.com

Composition couverture : © Marine Manlay
Crédits photos : © Luc Bollen / Pixabay / Shutterstock

Première édition numérique et papier : juin 2018
ISBN : 978-2-9564694-0-7
Dépôt légal : juin 2018
Prix France : 8.90€ TTC
Impression à la demande

A Julien, avec tout mon amour

Chapitre 1

Ecosse, château de Kilchurn, contrée d'Argyll, 14 mars 1374

– Elle est arrivée, Ian.

Ian poussa un long soupir. Coudes appuyés sur la table en chêne massif, le menton dans ses poings refermés devant lui, il resta un instant les yeux fixés dans le vague. Ses traits réguliers, carrés, puissamment virils, se durcirent imperceptiblement. Son regard de cobalt s'assombrit. Puis, sur une grande inspiration, il posa ses deux mains à plat sur la table, se leva et s'approcha de la fenêtre, la paume de sa main gauche négligemment posée sur le pommeau de son épée.

Une soixantaine de pieds plus bas, il distingua, au milieu de la foule amassée de ses gens piqués de curiosité, une vingtaine de destriers montés de soldats en armure, ainsi que deux autres chevaux plus petits à la tête du convoi – deux juments, à vue d'œil. Une blanche, l'autre baie. Montées, visiblement, par deux femmes.

Mû par une sorte d'instinct, il ne put s'empêcher d'observer plus attentivement la longue chevelure blonde juchée sur la jument de tête – la blanche –, et d'essayer de distinguer les traits de son visage, son corps, sa silhouette. Il savait que c'était elle. Mais, mis à part une impression globale de minceur et de jeunesse, de la hauteur du donjon il ne pouvait rien déduire de précis.

Le roi Edouard[1] l'avait promise belle. Très belle, même. « La plus belle du royaume », soi-disant. Enfin, l'une des trois plus belles ; les deux autres avaient été offertes en mariage à Duncan MacDougall, seigneur de Moray, et l'autre à Baltair Callahan, seigneur de Galloway.

Duncan avait refusé la sienne sans même la rencontrer. *Forcément...*, songea Ian. Ce n'était pas lui qui se retrouverait en première ligne en cas de reprise des conflits avec l'Angleterre. Quant à Baltair Callahan, il ne devait connaître sa promise, qu'il fallait faire revenir d'un couvent français où elle finissait son éducation, qu'à l'été. Pour l'heure, c'était à Ian de rencontrer son destin.

Immobile, perdu dans ses pensées, il se trouva de nouveau face au dilemme qui le tenaillait depuis janvier. Depuis qu'un messager du roi Robert[2] lui avait fait part des propositions « diplomatiques » du roi d'Angleterre – propositions ayant valeur d'injonctions, pour qui savait lire entre les lignes. Et approuvées par Robert de surcroît, quoique le roi d'Ecosse ne fût plus officiellement tenu par un quelconque lien de vassalité envers son homologue anglais.

Ian lui-même était convaincu de la nécessité d'apaiser les tensions entre les deux royaumes – ou plutôt, de ne pas en créer de nouvelles. Non pas qu'il fût pressé de prendre femme – il avait déjà bien assez à faire avec la gestion, la défense et l'administration du domaine et de ses îles, l'activité de ses ports, le commerce du sel et du saumon,

---

[1] Edouard III, roi d'Angleterre de 1327 à 1377, fils d'Edouard II et petit-fils d'Edouard Ier d'Angleterre, de la dynastie Plantagenêt. Ses prétentions au trône de France entraîneront le déclenchement de la guerre de Cent Ans à partir de 1337.

[2] Robert II, roi d'Ecosse de 1371 à 1390, premier roi de la dynastie des Stewart (nom plus tard francisé sous la forme « Stuart »), petit-fils par sa mère de Robert the Bruce, indépendantiste écossais et roi d'Ecosse de 1306 à 1329.

l'exploitation de ses forêts, les productions de bière et d'hydromel, les représailles contre les raids des clans voisins, les... bref. Et une maîtresse de temps en temps lui suffisait. Mais la refuser, c'était prendre le risque d'écorcher la susceptibilité du vieux monarque anglais, de discréditer la nouvelle dynastie écossaise à peine montée sur le trône pour succéder aux Bruce, de mettre en péril enfin l'indépendance d'Alba[3] tout juste acquise en relançant maladroitement les hostilités, pour de vagues questions de ressentiment, de haines séculaires et d'orgueil personnel.

Enfin, restait à prouver que ce qu'Edouard III présentait comme un « témoignage » de son « amitié pour le seigneur d'Argyll » dans sa missive au roi d'Ecosse était à la hauteur des éloges dont il ne tarissait pas à son égard. Duncan ayant refusé son offre tout net, on ne savait rien de la jeune Anglaise qui lui avait été proposée. Le mystère quant à la valeur de la parole du roi d'Angleterre demeurait donc entier pour Ian. Et l'estime que le monarque lui portait vraiment, ainsi qu'à son roi Robert II, ne se mesurerait qu'à l'aune de la beauté réelle de cette « offrande ».

Quinlan se racla la gorge.

– Devons-nous la faire patienter dans la grand-salle ? Je peux lui dire que tu n'es pas visible pour l'instant...

– Je descends.

Tiré de sa rêverie, Ian pivota brusquement sur lui-même et, en trois enjambées, sortit de la pièce devant son second. Il descendit l'escalier à vis d'un pas qui se voulait déterminé. Des torches fichées dans le mur à intervalles réguliers projetaient comme à l'accoutumée leur lot d'ombres difformes sur les murs de granit. Ces ombres mouvantes, baignées de lueurs chaudes, accompagnèrent les pensées d'Ian tout au long des deux volées de marches qu'il descendit

[3] Nom gaélique médiéval du royaume d'Ecosse.

d'un pas égal.

Tout allait se jouer à cette première rencontre ; s'il la refusait sur-le-champ, il prenait le risque d'offenser Edouard et de raviver chez ce vieux souverain prétentieux les velléités de son père et de son grand-père avant lui ; de l'amener à bafouer pour la seconde fois le traité de Northampton qu'il avait pourtant lui-même ratifié ; de ruiner l'occasion qu'avait l'Ecosse, maintenant qu'Edouard avait jeté son dévolu sur la France et se désintéressait du nord, de travailler à sa reconstruction et à son unification après près d'un siècle de guerres pour son indépendance.

Mais s'il la prenait, il aurait à se justifier face à ses pairs, à affronter l'ire des autres Highlanders, à répondre de ses choix et à essuyer probablement plusieurs raids de représailles – dans le meilleur des cas. La plupart des chefs de clan des Highlands étaient ouvertement hostiles à ces arrangements matrimoniaux offerts en pâture aux grands seigneurs d'Ecosse, et ils ne manqueraient pas de taxer de traîtrise celui qui honorerait l'offre du monarque anglais. Il lui faudrait les convaincre du bien-fondé de sa décision et, à y regarder de plus près, réussir à rallier un Highlander à la voie diplomatique au détriment de la voie militaire lui paraissait autrement plus improbable que de parvenir à repousser une offensive de l'armée anglaise entière à lui seul.

Mais… et lui dans tout ça ? Au fond, rien n'avait changé. Il aimait les femmes, et elles le lui rendaient bien. Mais il ne les épousait pas. Le mariage, ça n'était pas fait pour lui. D'ailleurs, à trente et un ans, il avait toujours réussi à y échapper ; de son vivant, aux propositions d'alliance de son père, tout d'abord ; puis aux demandes des toísechs[4] et

[4] Titre de noblesse de l'Ecosse médiévale : sa position hiérarchique par rapport aux mormaers reste floue. On peut rapprocher le toísech du baron français.

des mormaers[5] les plus puissants aussi bien des Highlands que des Lowlands. Ian était un parti très prisé ; à la lignée prestigieuse dont il était issu et à la puissance du domaine familial, il ajoutait ses qualités personnelles ; combattant valeureux et fin stratège avant tout, il s'avérait être en outre, depuis la mort de son père, un habile gestionnaire de ses terres, tant du point de vue économique que judiciaire. Sans compter qu'il était bel homme, et que cela se savait. Résultat : préserver sa liberté tout en ménageant les susceptibilités et en maintenant intactes les frontières de son domaine avait relevé de l'exploit et avait requis de lui qu'il affine sa fibre diplomatique, autrefois délaissée au profit de la gloire des champs de bataille. Il avait même su élégamment décliner l'offre du jarl des Orcades pour sa fille.

Ian était un homme de la lande, un homme de la mer, un homme de la montagne, un homme de tout, sauf d'une femme. Il tenait trop à sa liberté. Une chose était sûre : si elle était laide, ou du moins sa beauté insuffisante, son honneur – ainsi que celui d'Alba – serait un motif tout trouvé pour la refuser net. Mais si sa beauté se faisait le gage indiscutable de la bonne foi du monarque anglais et de la marque de respect qu'il comptait lui rendre... il se verrait contraint de l'accueillir, quitte à s'octroyer quelques semaines pour donner sa réponse définitive. Ce qui lui laisserait le temps de convaincre ses lairds[6], ses vassaux et les éventuels chefs de clan qui lui chercheraient querelle. Et de

[5] Souverain régional ou provincial dans l'Ecosse médiévale. En théorie, il était supérieur au toísech, mais ce point reste discuté par les historiens. Il était à la tête d'un « mormaerdom », équivalent d'un comté. Les seigneuries encore plus puissantes, comme celles des seigneurs de Galloway ou d'Argyll, ne furent pas appelées mormaerdoms.

[6] Equivalent du mot anglais « lord », bien que ce terme ne renvoyât pas à un titre de noblesse : il désignait certains propriétaires terriens en Ecosse. Dans le passé, les « lairds » formaient une classe sociale à part. Ils retenaient des fiefs héréditaires.

se convaincre lui-même. En tous les cas, il ne ferait certes pas de zèle. S'il l'épousait, ce ne serait qu'un mariage de convenance, comme tant d'autres. Il se garderait bien de montrer un quelconque empressement, et cette Anglaise devrait vite se faire à l'idée de ne rien attendre de leur union.

Enfin, les lourds vantaux de la porte s'ouvrirent devant lui. Une vague de froid vint lui mordre le visage et fouetter ses sens soudain en alerte. Ses yeux s'accoutumèrent immédiatement à la violente luminosité du ciel blanc de mi-mars et il s'arrêta en haut de la passerelle abaissée. Le silence se fit instantanément parmi la foule et les regards, de la dame, montèrent vers Ian.

Devant lui, à quelques pas en contrebas, la jeune femme le dévisageait également de ses immenses yeux clairs. Hissée en amazone sur une magnifique haquenée[7] d'un blanc immaculé et à la crinière blond pâle, elle se tenait très droite, parfaitement immobile. Il n'aurait su dire ce que ces deux yeux exprimaient. Ils paraissaient insondables et, en même temps, plantés dans les siens, ils semblaient pénétrer son âme. Pour seul mouvement, une légère brise soulevait par intermittence quelques mèches de sa longue chevelure quelque part entre le blond et le châtain clair, de concert avec la crinière de sa monture. Elle s'engouffrait dans ses cheveux laissés lâches, en faisait danser les mèches les plus légères, puis les redéposait soigneusement sur ses épaules menues et la croupe de son cheval.

Ian s'approcha lentement, détaillant ostensiblement le corps de la jeune femme. Sa cape ouverte sur une robe pourpre très ajustée et les deux pans d'un court surcot de fourrure permettait à un œil exercé d'en deviner aisément les contours. Sous les lourds replis de velours moiré, on

---

[7] Monture (souvent une jument) élégante et légère, de taille modeste et d'humeur douce, prisée par les dames au Moyen-âge.

devinait deux jambes délicates, des cuisses fuselées, un séant élégamment posé sur sa selle ; mais ce qui attirait le plus l'œil, c'était sa taille fine surmontée d'une poitrine haute, ronde, jeune et ferme. Sa gorge, laiteuse, était exposée et le regard d'Ian passa lentement des rebonds juvéniles enserrés dans leur écrin de velours grenat à ce cou blanc, gracile. Un cou de cygne pour un port de reine. Ses yeux suivirent naturellement sa courbe et caressèrent l'ovale d'un visage fin, aux traits délicatement sculptés. Deux jolies lèvres couleur sable, un grain de peau de neige, un petit nez légèrement retroussé saupoudré de quelques délicieuses taches de rousseur assorties à ses fins sourcils châtain, et d'immenses yeux vert d'eau bordés de cils clairs qui le fixaient, immobiles. Elle devait avoir vingt ans, tout au plus. Elle était très désirable.

– Mademoiselle Alannah d'Harcourt, troisième et dernière fille d'Henri d'Harcourt, comte de Northumberland et lord des Iles Farne, annonça d'une voix forte un lieutenant grisonnant en gesticulant sur sa selle, visiblement soucieux de mettre un terme à l'examen minutieux dont sa jeune maîtresse faisait de toute évidence l'objet.

Sans la quitter des yeux, Ian s'approcha encore d'elle.

Un instant, il ne se passa rien. Un silence pesant planait sur l'assemblée. Seul le vent donnait quelque mouvement à l'ensemble immobile de la foule autour d'eux. Ian l'étudiait, impassible.

Puis la jeune femme vit deux bras robustes se tendre vers elle et deux mains puissantes la saisir à la taille. Elle sentit leur chaleur intense irradier au travers du tissu avant que d'être soulevée de sa selle. Déséquilibrée, prise de court, elle s'accrocha à ces avant-bras fermes qui la ceignaient. Ils étaient épais, durs, musclés sous ses doigts fins. En glissant vers le sol, sa poitrine effleura le torse d'Ian et ses cuisses rencontrèrent le contact rude de ses jambes. Son cœur battit plus fort et son visage s'empourpra violemment.

Ian la déposa sur ses pieds sans la lâcher. Sa taille était étroite, ferme, son ventre tonique. Ses mains posées sur ses bras, petites et finement ciselées ; ses ongles couleur de nacre. Elle était légère et il avait aimé le contact de ses seins contre son buste, de son ventre contre son plaid, de ses jambes contre ses chausses. Elle était incontestablement belle. Il n'avait pas le choix.

– Je suis Ian MacAlistair, chef du clan MacAlistair, seigneur d'Argyll et de Bute, comte de Dunbarton et de l'Ile d'Arran, mormaer de Lennox, lord de Jura, d'Islay et de Colonsay.

Ainsi, c'était bien lui. L'homme auquel son père l'avait donnée. Un rustre, à n'en pas douter, aux manières brutales. Comme tous les Ecossais, du reste. Sa voix était chaude et grave, son accent fruste et rustique, il roulait les « r ». Mais au moins parlait-il anglais. Il se disait à Newcastle que beaucoup d'Ecossais, même nobles, ne parlaient que le scot et le gaélique. Parfois même, dans les contrées les plus reculées des Highlands et des Iles, ne restait que le gaélique.

Soucieuse de conserver sa dignité autant que de dissimuler son émoi, Alannah ne bougeait pas. Il lui semblait qu'au moindre mouvement de sa propre initiative, elle allait s'évanouir. La fatigue du voyage. Le froid, le vent, l'humidité ambiante qui rendaient ses gestes gourds depuis plusieurs jours. L'éloignement des siens, cette contrée inconnue, cette union forcée, précipitée, ce destin lugubre qui s'ouvrait à elle comme un tombeau sous ses pieds. Ce flot de pensées contradictoires. Le tumulte des émotions, le chagrin, le dépit, la colère.

Et puis, ces larges mains enserrant sa taille, cette chaleur, la proximité de ce corps d'homme, la troublaient. Il était grand, très grand. Très large aussi. Il l'écrasait de toute sa taille et de sa stature. Mais plus encore, de cette force, de cette certitude, de cette puissance qui émanaient de lui. Ses yeux, d'un bleu sombre comme la mer, à la fois froids et sensuels, la captivaient : pénétrants, ils la happaient, l'enveloppaient de leur éclat provocant ; elle sentait alors son cœur battre violemment dans sa poitrine. Ils la caressaient avec une chaleur étrange et elle se sentait nue, sous leur emprise. Mais l'instant suivant, une lueur sombre les voilait, et leur éclat soudainement glacé la figeait dans ses émotions. Son cœur se crispait. Ces yeux se jouaient d'elle comme la mer des navires. On s'y noyait.

Soudain, il la lâcha. Tournant les talons, et gravissant de nouveau les marches le menant à la passerelle du donjon, il jeta par-dessus son épaule :

– Conduisez Lady Alannah à ses appartements.

Son cœur tomba comme une pierre. Elle sentit le feu lui monter aux joues, la colère sourdre en elle, comme la lave au fond d'un volcan. Etait-ce tout ? Pas un mot de bienvenue, pas une marque de respect ? Mais pour qui se prenait cet homme, cet arrogant qui ne prenait même pas la peine de lui présenter ses gens, de connaître les siens, de l'accueillir selon son rang ? Qui n'avait pas même daigné envoyer d'escorte épauler la sienne à la frontière ? Alannah, humiliée, raidit imperceptiblement son dos et releva le menton. L'arête de sa mâchoire se prononça. Son regard se durcit. Digne, elle fit signe à sa suivante de descendre de cheval et à ses hommes de disposer. Escortée du jeune homme qu'elle avait vu descendre les marches derrière le maître des lieux quelques instants plus tôt, elle releva les plis de sa robe et monta lentement, une à une, d'un pas qui lui semblait infiniment pesant, les marches de son destin. Ian MacAlistair. Son futur mari. Elle détestait déjà cet homme.

***

– Tu ne peux pas l'épouser, Ian.

– Et je ne peux pas ne pas l'épouser. La refuser serait un pas de plus vers une nouvelle guerre et je ne tiens pas à ce que mes hommes meurent pour une cause perdue d'avance. Et puis, il est trop tard. Je lui ai ouvert ma porte.

– As-tu songé un instant à ce que diront les Kincaid ? les MacLeod ? les MacLean ?

– J'y ai pensé, Eachann. C'est pourquoi j'irai à leur rencontre avant la prochaine lune. Cette union n'aura pas lieu tant que je ne leur en aurai pas parlé de vive voix. De toute façon, tu te doutes que je suis loin d'être pressé.

– Pour l'instant…

– Qu'est-ce que tu veux dire ? Tu sais que j'ai le mariage en horreur.

– Le mariage, oui. Les femmes, non. J'ai vu comment tu regardais celle-là.

– Tu confonds l'envie de prendre femme et l'envie de prendre une femme, Eachann !

– Sauf que tu n'as pas pour habitude de te montrer patient, Ian. Ni qu'on te dise non, d'ailleurs. Et que celle-là, tu ne pourras la prendre que si tu l'épouses d'abord.

Ian esquissa un bref mouvement d'épaules pour manifester son agacement.

– Tu sais très bien que la question n'est pas là.

– La question est entièrement là. Je te connais assez bien, Ian, pour savoir ce que tu ne tarderas pas à vouloir d'elle.

Ian s'emporta ; se redressant d'un coup, il renversa son siège.

– Et tu me connais assez aussi pour savoir que jamais le désir d'une femme n'a guidé mes décisions stratégiques, Eachann ! Oses-tu insinuer que cela pourrait changer ? Qu'une simple femme pourrait troubler mon jugement politique ? Quand, je dis bien *quand* as-tu vu une femme influer sur la moindre de mes décisions dans le passé ?

Eachann secoua la tête.

– Jamais, Ian. Mais si tu couches avec elle, tu ne pourras plus faire marche arrière et tu devras l'épouser.

– Je dois *déjà* l'épouser, de toute façon.

– Tous les autres penseront que c'est elle qui t'a influencé. Voire même qu'elle t'a piégé. C'est ce que Daidh et Donovan penseront quand ils la verront ou entendront parler de sa beauté. Raonall aussi. Et les MacNèil. Ils penseront que tu fais passer ton intérêt personnel avant l'honneur du pays.

– J'en fais mon affaire. Mais, pour l'heure, je dois commencer par en parler à nos lairds. Ils ont le droit d'être informés les premiers. Crois-moi, ce diable d'Anglais ne pourra pas se vanter qu'on se soit précipités pour lui manger dans la main. Je ferai en sorte de retarder au maximum cette union et que le doute demeure dans les informations qui lui parviendront. J'ai toujours refusé de me marier, ce n'est pas pour m'en réjouir à présent, quelle que soit l'élue. De toute façon, ne crois pas que ce soit cette simple formalité qui pourra changer quoi que ce soit à mes habitudes.

– Oh, mais je ne crois rien, Ian.

Le ton énigmatique, presque mielleux, d'Eachann, l'exaspéra. Plantant là son cousin, Ian sortit brusquement de la pièce. Le bruit mat et étouffé de ses pas rapides disparut dans l'escalier.

Un instant plus tard, Alannah, à sa fenêtre, voyait un cavalier franchir les deux ponts-levis successifs au triple galop et éperonner sa monture vers la lande. Un instant, elle crut reconnaître les cheveux bruns, ébouriffés, du seigneur MacAlistair. Sa silhouette, aussi, ses larges épaules, son dos puissant. Elle suivit l'homme et l'animal du regard tandis qu'ils filaient à l'horizon. Une force profonde se dégageait de leur harmonie. L'étalon, d'un brun presque noir, haut, impétueux, les muscles saillants, les propulsait sans effort le long du loch[8] ; l'homme, à bride rabattue, épousait le moindre de ses mouvements, et semblait ne faire qu'un avec sa bête. Alannah envia leur vitesse. Leur liberté.

Bientôt, ils disparurent derrière une colline noire à laquelle s'accrochaient quelques dernières plaques de neige grisâtre. Les pâles rayons du soleil déclinant perçaient à peine à travers la lourde chape de nuages qui s'étirait vers la mer. Sous leur caresse blonde, les flots, calmes, scintillaient çà et là, parant d'éclats de lumière leur surface opaque. Alannah sentit la tristesse l'envahir. La vie allait lui sembler longue, ici. Très longue.

---

[8] Longs lacs étirés d'Ecosse mais aussi, souvent, l'équivalent des fjords scandinaves.

Chapitre II

– Je finirai seule, Nellie, merci.

La jeune servante s'inclina. Elle versa le fond de petit-lait dans la baignoire et se leva en calant la cruche de grès sous son bras. Avant de sortir, elle jeta un coup d'œil circulaire à la chambre de sa maîtresse.

Sa chemise de nuit chauffait sur le banc près de l'âtre où un feu crépitait avec lenteur. Juste à côté, la baignoire où la jeune femme se délassait, une sorte de cuve en bois ronde couverte d'un drap blanc doublé, et séparée de la partie la plus froide de la pièce par un dais suspendu en arc de cercle autour d'elle, emprisonnant la chaleur du feu dans un petit périmètre de douceur.

Il avait fallu à Nellie et à la petite Ceit près d'une heure pour réussir à chauffer suffisamment d'eau et offrir à Alannah quelques instants de bonheur. En Angleterre, le bain au petit-lait faisait déjà partie de ses moments préférés. Mais il semblait à Nellie que, depuis leur arrivée à Kilchurn, quelques jours plus tôt, ces bains se prolongeaient, et qu'il fallait prévoir davantage de seaux afin d'en maintenir la température à un niveau acceptable jusqu'à ce que sa maîtresse se résolût à en sortir. Nellie savait que ces bains réclamés quotidiennement servaient de retraite à la jeune femme. Ces bains, et les grandes chevauchées auxquelles elle s'a-donnait chaque matin, flanquée de deux guerriers du clan MacAlistair qui avaient reçu l'ordre, semblait-il, de ne pas la quitter d'une semelle.

Nellie ressentit un élan de compassion pour sa jeune maîtresse coupée malgré elle de sa famille, promise à un homme qu'elle ne connaissait pas, pour des raisons qui ne lui appartenaient pas, avec pour seule compagnie sa plus fidèle servante amenée d'Angleterre et quelques domestiques locales ne parlant que le gaélique, et pour seules distractions, les bains et les chevaux. Si seulement son coffre de livres avait pu suivre… Et ses demoiselles de compagnie ! Mais dès les premières pentes de la Highland Boundary Fault[9], il avait fallu abandonner la voiture, la renvoyer à Newcastle avec tous les encombrants et finir le trajet à cheval. Devant leurs airs terrifiés et leurs lamentations à chaque nouvel obstacle du parcours, Alannah avait également pris pitié de ses deux suivantes et leur avait permis de rebrousser chemin, leur prêtant quelques-uns de ses gardes. Nellie se félicita en son for intérieur d'avoir pour sa part insisté pour suivre sa maîtresse sans savoir pourtant vraiment tenir sur une selle. Elle n'osait imaginer l'état dans lequel se serait trouvée Alannah si elle n'avait pu l'accompagner jusqu'à sa nouvelle demeure.

Un dernier coup d'œil lui permit de vérifier que les volets intérieurs étaient en place, le lit et ses courtines prêts pour la nuit, les bûches suffisamment abondantes près de la cheminée pour le lendemain matin, le couvre-feu prêt à l'emploi et sa maîtresse détendue. Nellie s'éclipsa.

Alannah ferma les yeux, poussa un long soupir et s'enfonça un peu plus dans l'eau chaude. La température était parfaite. Elle sentit les muscles de ses cuisses se détendre, ses reins se soulager, ses épaules s'abaisser. Les cheveux négligemment relevés sur le sommet du crâne, la tête appuyée sur le rebord de la baignoire, les coudes posés avec

---

[9] Fracture géologique séparant les montagnes des Highlands (à l'ouest) et les plaines des Lowlands d'Ecosse (à l'est) en traversant le pays de Stonehaven au nord-est à l'île d'Arran au sud-ouest.

nonchalance sur le drap qui dépassait de l'eau et pendait de chaque côté de la cuve, Alannah savoura cette torpeur qui s'emparait peu à peu de tout son corps.

Seule dans sa chambre, dans le silence de la nuit, le corps engourdi, il lui semblait que, par le bain, elle pouvait se couper du reste du monde. De la fumée se dégageait de la surface brûlante de l'eau, au contact de l'air glacé de la pièce. Pour seuls bruits, en provenance du foyer, sur sa droite, le claquement sec ici et là d'une bûche rougeoyante, et le doux murmure des flammes s'étirant vers le ciel par le conduit de la cheminée. Le dais, suspendu aux solives du plafond, la coupait du reste de la pièce, du noir, de la fenêtre, de la nuit, de la lande. Elle était seule avec l'eau, avec le feu, seule avec elle-même. Plus rien ne comptait. Plus rien n'existait. Seules les langoureuses sensations de l'eau chaude sur son ventre, dans le creux de son dos, autour de ses cuisses. Le froid mordant qui, par contraste, saisissait ses genoux, ses mollets, ses chevilles, lorsqu'elle sortait un pied de l'eau pour l'appuyer sur l'extrémité de la cuve et jouer avec les contrastes de température. Juste pour le plaisir de replonger ensuite sa jambe dans la chaleur de l'eau et d'en sentir les effets plus apaisants encore.

Ce petit moment de plaisir chaque soir lui faisait un bien fou. Chaque jour, elle partait aux aurores pour de longues promenades à cheval, tantôt le long du loch, tantôt à travers les collines, les bois, les forêts. Ces balades interminables aussi lui faisaient du bien : le vent cinglant lui fouettait le visage, le froid lui mordait les joues, la sensation de sa jument en plein galop la libérait, et elle respirait à pleins poumons les dernières odeurs de l'hiver.

Il lui avait toujours semblé que le froid avait une odeur. Une odeur bien à lui. Une odeur indéfinissable, mélange de neige, de pluie, de terre mouillée, de flaques et d'embruns. Une odeur caractéristique, qui n'était ni totalement celle de la neige fondue, ni celle des feuilles mortes, ni celle du bois humide. C'était l'odeur du froid, tout simplement. Une odeur qui revenait chaque année aux premiers frimas de novembre, et disparaissait avec les premiers bourgeons d'avril. Elle aimait cette odeur. Elle la rendait nostalgique.

La seule ombre au tableau : ces deux hommes dont elle ne pouvait se débarrasser, résolument campés devant sa porte, qui lui emboîtaient le pas où qu'elle déambulât dans le château et collaient sa jument au train ; et les directives catégoriques qu'ils avaient reçues et qu'ils lui faisaient appliquer à la lettre : pas d'échappées vers le nord. Vers l'ouest non plus. Ne pas se montrer en ville. Rester sur les sentiers. Et puis quoi encore ?

Alannah restait dehors le plus longtemps possible. Elle rentrait épuisée, vide d'émotions. Puis elle se promenait quelques heures dans les haute et basse cours de la forteresse, bavardant longuement avec les palefreniers bien sûr, visitant les écuries, mais allant aussi à la rencontre des gens du château : le forgeron, le sellier, le tonnelier ; les femmes qui tressaient des paniers devant leurs chaumières accolées aux remparts et les enfants qui gardaient les oies, les poules, les porcs. Ceux qui tiraient de l'eau au puits ; celles qui filaient la laine. Peu d'entre eux parlaient anglais mais, en dressant l'oreille, elle se surprit à détecter des similitudes entre sa propre langue et le scot, que plusieurs maîtrisaient. Elle se souvint même que, quoiqu'abandonné depuis longtemps par la noblesse du nord-est de l'Angleterre, le scot n'était en réalité autre que l'héritier de l'inglis, langue de ses ancêtres en royaume de Northumbrie. Alannah parvenait tant bien que mal à saisir quelques mots, une information, un lien familial, un nom. En l'absence de ses demoiselles de compagnie, de ses sœurs, de ses amies, elle éprouvait un cruel besoin de lien social et maîtrisait suffisamment de langues pour avoir saisi les réflexes de base de la linguistique générale. Et, entre langues germaniques, les ponts se faisaient vite.

Avec le gaélique, cependant, c'était une autre paire de manches. Cette langue celtique ne ressemblait à rien qu'elle eût étudié. Si elle souhaitait la comprendre un jour, il la lui faudrait probablement apprendre de façon plus méthodique.

Le soir, Alannah se faisait préparer un bain chaud, presque bouillant. Toute forme d'énergie finissait alors de la quitter, et, fourbue, elle parvenait à s'endormir assez rapidement. La stratégie qu'elle avait ainsi intuitivement déployée avait plutôt bien fonctionné jusque-là. Au moins ne lui restait-il guère d'énergie pour se lamenter sur son sort.

Elle avait appris que le seigneur MacAlistair avait quitté le château le soir même de son arrivée. Sur un coup de tête, il était allé sur ses terres rencontrer ses óchtigerns[10] et ses vassaux les plus proches, ainsi que quelques chefs de clan alliés. On n'avait rien pu lui dire de plus. Ni quand il rentrerait, ni ce qui s'ensuivrait. Cela faisait quatre jours.

Face à l'immense détresse qu'elle avait senti l'envahir, Alannah avait instinctivement choisi le refuge de la distraction. Mais quelles options s'offraient à une jeune femme de son rang, seule, au milieu d'une lande désolée, de forêts noires et de lochs interminables, dans cette contrée aux hameaux rares et épars, aux routes impraticables, une contrée si éloignée de tout que même le soleil semblait ne jamais parvenir à l'atteindre ?

Les domestiques du château n'avaient reçu que peu de consignes la concernant ; le « seigneur Ian » était parti en coup de vent. Seule sa garde avait reçu des instructions strictes concernant les allées et venues de « l'Anglaise ». Pour le reste, Alannah était livrée à elle-même. Alors, les courses, le cheval, les rencontres, les bains… tout pour oublier où elle était. Tout pour oublier de penser. Tout pour

---

[10] Propriétaire terrien (titre non noble).

oublier de ressentir.

Elle soupira. Sans s'en rendre compte, elle avait failli s'assoupir. L'eau était devenue tiède. Elle remua légèrement les jambes ; tout son corps s'était engourdi. En bougeant, elle découvrit avec une moue de déplaisir que les petits courants ainsi provoqués étaient même frais contre ses cuisses. La tiédeur résiduelle se dissipait sitôt qu'elle esquissait un mouvement. Elle avait atteint le seuil critique où son corps la suppliait de s'endormir sur place, et où sa tête lui rappelait, cruelle et inflexible, qu'il allait falloir franchir l'étape douloureuse où il s'agissait de se savonner, de se rincer à l'eau devenue froide, de se sécher rapidement, et si possible de se réchauffer au coin du feu avant d'aller se glisser sous les draps et s'enrouler dans les bras de Morphée dans un lieu approprié. Alannah poussa un gémissement de fatigue mêlée de mécontentement. Ses paupières étaient lourdes, son corps éreinté. Résignée, elle finit par ouvrir les yeux. Et sursauta violemment.

Il était là. Un mélange d'amusement et d'appréciation sensuelle dans le regard, il se tenait debout face à elle, bras croisés, jambes écartées à largeur des épaules, la tête légèrement penchée sur le côté. Alannah étouffa un cri. Dans un fatras d'éclaboussures, elle plaqua ses deux mains sur sa poitrine et ramena ses jambes contre son buste.

De retour de la lande, Ian était venu s'entretenir avec la jeune Anglaise et lui présenter finalement ses hommages. Ayant frappé à sa porte et l'ayant poussée sans autre préambule, il avait surpris le jeune corps endormi dans son bain.

De ses prunelles bleues, il avait parcouru ses courbes de bas en haut, puis de haut en bas ; il avait caressé la fine cheville, le mollet délicat et le genou étroit de la jolie jambe restée appuyée sur le rebord, et jusqu'au sommet de la cuisse fuselée, où l'intimité de la jeune femme était restée secrètement voilée par les troubles de l'onde blanchâtre. Il avait ensuite repris son ascension autour de ces hanches charnues, de ce nombril délicieux, de ce ventre plat, de cette taille menue qu'il avait tenue entre ses mains, et s'était attardé sur la poitrine ronde et généreuse qui émergeait de la surface du bain, tels deux îlots au milieu d'une baie féérique. Deux seins jeunes, palpitants, aux mamelons saisis par le froid de la nuit et dressés vers le ciel. Roses. Pâles. Délicats, comme deux pétales de rose.

Ce corps était blanc, laiteux, pulpeux. Imberbe. Parfait. Il avait finalement quitté du regard ces monts merveilleux et s'était délecté de la vue des fragiles clavicules au dessin si charmant sous leur peau satinée ; de ce cou renversé légèrement en arrière ; de cette nuque dégagée, couleur de neige ; de la racine de ses cheveux, de l'angle entre la mâchoire de la jeune femme, son cou et son oreille adorable, qui n'attendait qu'un baiser pour se mettre à frémir ; de ce visage d'ange, enfin, encadré de cette blondeur qui projetait des souvenirs d'été en plein hiver.

Sa candeur ne faisait qu'ajouter à son charme. Le rose outré qui venait de colorer ses pommettes la rendait plus séduisante encore. La fureur, mêlée de peur, qui brûlait à présent dans ses yeux, accroissait le désir sourd qu'il avait senti naître en lui. Rien de plus excitant pour un prédateur que ce mélange de bravoure impuissante et de vulnérabilité consciente. Une biche aux abois. Enfin, la lueur de défi qui embrasait son regard et avait imperceptiblement soulevé son menton la rendait irrésistible.

Au moins n'aurait-il pas tout à perdre avec ce mariage. Tout, tout en cette femme, appelait à l'amour. Ses seins, son ventre, ses épaules, ses cuisses, ses lèvres, ses yeux, tout en elle transpirait la sensualité, la vie, la fougue. Tout son corps n'était qu'une immense promesse de volupté.

Pour l'heure, les yeux de ladite volupté lançaient des éclairs.

– Que faites-vous ici ? l'apostropha-t-elle avec colère.

Ian ne put s'empêcher de sourire devant tant de véhémence. Son sourire la désarçonna : il était franc, large, éclatant. Magnifique. Un faux battement ; elle crut que son cœur défaillait. Il cognait violemment derrière ses poumons et cela lui faisait mal. Une tension remonta le long de son bas-ventre, elle retint sa respiration. Le bleu sombre de ses yeux rieurs l'envoûtait. Cet homme haïssable l'attirait comme un aimant.

Ian apprécia l'effet tangible qu'il avait sur la jeune femme. Elle restait parfaitement immobile, ses grands yeux clairs fulminaient, mais il y avait lu l'espace d'un instant cette faiblesse : son corps s'était ému. Il le sentait.

– Que voulez-vous ? l'invectiva-t-elle encore, d'une voix qu'elle voulut forte.

Elle était nue. Vulnérable. Quoique loin d'être en position de force, elle osait le défier. Son courage plaisait à Ian et son désir s'accrut. Pour tempérer ses ardeurs, il décida de jouer un peu avec cette sauvageonne.

– Eh bien, ma dame, vous semblez bien peu contente de me voir. Ne vous ai-je pas manqué ? fit-il, amusé, en haussant un sourcil enjôleur.

Alannah hésitait. Pouvait-elle se permettre de manquer de respect à cet homme ? Elle ne le connaissait pas. Elle ignorait de quoi il était capable, ses humeurs, ce qu'elle risquait à l'offenser. Car il s'agissait là d'un des plus puissants seigneurs écossais et, a fortiori, de son futur mari, selon le bon désir de son roi. Rien ne l'autorisait à se dresser contre lui et pourtant, il avait cette manie de mépriser avec elle toutes les règles de bienséance qui lui donnait une furieuse envie de sortir de ses gonds.

– Voyons, ma dame, qu'ai-je fait pour mériter un tel regard ? reprit-il d'une voix faussement impressionnée.

La colère l'emporta.

– Vous avez disparu quatre jours comme un malpropre, sans même prendre la peine de m'avertir. Non content de m'avoir humiliée publiquement à mon arrivée, vous avez bafoué vos devoirs d'hôte le soir même et m'avez laissée seule sans savoir à quoi m'en tenir pendant des jours. Vous avez l'outrecuidance de revenir à l'improviste, de me surprendre dans mon bain, de me déshonorer, et le culot encore de vous étonner de ma réaction ? lança-t-elle d'une traite, hors d'elle.

– D'abord, vous n'étiez pas seule, répondit posément le maître des lieux sans se départir de son sourire. Nellie était avec vous pour vous tenir compagnie, ma domesticité se tenait à votre disposition et mes gens d'armes veillaient à votre sécurité. Ensuite, mon dessein n'était pas de vous surprendre dans votre bain, mais de vous rendre une visite de courtoisie afin, précisément, de vous expliquer les raisons de ce départ précipité et de m'en excuser auprès de vous. J'ai frappé avant d'entrer mais vous n'avez pas dû entendre. Enfin, je ne vous ai pas encore « déshonorée », comme vous dites. Mais je vous concède que c'est une perspective qui ne manque pas d'attrait, ajouta-t-il en plantant son regard dans celui de la jeune femme.

Pressentant à l'éclat que prirent ses yeux bleus que cette dernière remarque couvrait quelque chose d'impertinent, Alannah gesticula sur son drap de bain. Elle frissonna. L'eau était maintenant totalement froide. La chair de poule s'empara de son corps.

– Donnez-moi ma chemise, fit-elle pour seule réponse, agacée.

Ian fit un pas.

– N'approchez pas !

De nouveau, un sourcil se leva, interrogateur. Ses yeux brillaient.

– Et comment vous la donner sans m'approcher, ma dame ?

– Lancez-la-moi.

– Elle risquerait de tomber dans votre bain. Votre eau

est froide. Vous seriez obligée d'attendre nue qu'elle sèche et je serais obligé de vous réchauffer. Vous risqueriez d'y voir là quelque chose d'inconvenant quand seul votre bien-être m'importerait.

Décidément, Ian s'amusait beaucoup. Il s'était immobilisé, mains sur les hanches. L'esquisse d'un sourire retroussait la commissure de ses lèvres. Son regard charmeur jouait avec les nerfs de la jeune femme. Exaspérée, Alannah prit une grande inspiration et expulsa l'air sèchement. Le souffle du dépit fit frémir ses narines délicates. Elle attrapa subitement un coin du drap du bain débordant de la cuve et entreprit, tout en lui décochant des coups d'œil noirs, de s'en vêtir. L'entreprise était délicate, mais c'était la seule toile qu'elle eût à portée de main. Manipulant le tissu d'une main, se couvrant la poitrine de l'autre, elle s'efforçait de rester la plus recroquevillée possible pour dissimuler le reste de son corps tout en dégageant la toile du fond de la cuve.

– Vous risquez de marcher sur une écharde, ma dame, remarqua Ian.

– Cela m'est bien égal, figurez-vous ! siffla-t-elle.

– Il serait dommage d'abîmer une si jolie peau, pourtant.

Elle l'ignora. A demi-debout, elle avait réussi à soulever en partie le tissu détrempé et à passer l'une de ses jambes du bon côté. Son pied fin rencontra le contact rêche des douelles du fond de cuve. Le lin imbibé d'eau ne lui facilitait pas la tâche ; le tissu était lourd, difficile à manœuvrer. A la moindre faiblesse, au moindre faux mouvement, il se recollait aux parois de la cuve. Ian, désinvolte, contemplait le spectacle des bribes de nudité qu'elle lui offrait. La nuque complètement dégagée de la jeune femme, ces quelques mèches s'échappant de sa coiffure et tombant en vagues blondes sur ses épaules, ces perles d'eau scintillant sur sa peau. Les flammes mourantes du foyer projetaient des teintes ocre sur son corps.

– Vous pourriez m'aider !

– Vous m'avez dit de ne pas m'approcher, ma dame. Je ne voudrais pas vous contrarier. Et puis, d'ici, vous semblez très bien vous en sortir.

Alannah leva les yeux au ciel et tira d'un coup sec sur la toile pour finir de la dégager. Dans un bruit de succion, le drap céda. Elle l'enroula autour de son buste à la manière d'une toge romaine. Il observa le jeu des ombres de son menton, de ses mèches rebelles et de ses doigts fins sur ses épaules restées nues. Son regard coula ensuite sur les seins rebondis qui tendaient la toile ; trempée, celle-ci épousait délicieusement les formes de la jeune femme. Ses mamelons transis pointaient sous la blancheur translucide du tissu.

– Cet ensemble vous va à ravir, ma dame. On devrait remettre cette mode au goût du jour.

Furieuse, Alannah lui décocha un nouveau regard noir par-dessus son épaule. Relevant le bas du tissu jusqu'à mi-cuisse, elle entreprit alors d'enjamber le rebord de la cuve.

– Vous risquez de tomber, Alannah.

– Oh, vous, fichez-moi la paix !

Au moment même où elle prononçait ces mots, empêtrée dans son drap, son deuxième pied heurta le rebord de la baignoire.

En deux pas, Ian l'avait rejointe. Elle s'affala dans ses bras et ses doigts s'agrippèrent à son plaid au niveau des aisselles. Immédiatement, elle chercha à rétablir son équilibre et reprit appui sur ses pieds, mais deux bras puissants la retinrent contre lui. Confuse, elle leva les yeux et fut happée par son regard velouté. D'un seul coup, il était devenu grave, presque tendre. Sa barbe de trois jours de leur première rencontre avait légèrement poussé ; elle lui couvrait la moitié des joues, le menton et le début du cou. Ses cheveux bruns étaient toujours en bataille. Ses traits solides, sa mâchoire carrée, ses lèvres déterminées la fascinaient.

Ian la regardait attentivement. A la candeur de son joli minois se mêlait la fougue de son regard ; la naïveté ajoutait à la sensualité extrême de son corps dont elle ne semblait pourtant pas avoir conscience. Elle était farouche, paniquée. Ses grands yeux clairs, limpides comme les eaux cristallines des étangs en été, s'affolaient. Elle cherchait sa respiration. La colère le disputait en elle à la peur et à l'innocence. Cette femme lui plaisait.

Alannah crut que son cœur allait exploser. Prisonnière de ces deux bras nus sortis du plaid en tartan, ses avant-bras repliés coincés entre son buste et le puissant poitrail qui l'écrasait de sa carrure, elle se sentait défaillir. Il émanait de lui une odeur sauvage, un mélange de cuir, de terre et de pluie. Et puis, une autre odeur, envoûtante, captivante, plus subtile, qui lui montait à la tête. Une odeur indéfinissable, inconnue. Tous ses sens en alerte, elle surprit ses narines occupées à en aspirer de longues goulées. Elle n'avait jamais senti d'odeur aussi entêtante. Chaude, légèrement humide, forte et caressante à la fois. Une odeur irrésistible ; gonflant imperceptiblement sa poitrine, emplissant ses poumons autant que sa compression contre la puissante cage thoracique qui l'enserrait le lui permettait, elle en voulait plus. Elle baissa la tête pour cacher son trouble.

Ian approcha lentement son visage des cheveux d'Alannah. Ses cheveux couleur de blé mûr étaient doux et soyeux. Il s'échappait de sa nuque une délicate odeur de fleurs ; le grain de sa peau, léché par les derniers reflets du feu, était fin, délicat. Son cou appelait ses lèvres.

Tout doucement, n'enserrant plus sa taille svelte que d'un bras, Ian releva le menton de la jeune femme. Ses longs cils châtain révélèrent deux pupilles dilatées. Ian avait souvent vu ce regard chez une femme. Elle le désirait. Ses lèvres charnues, d'un beige tendre dans l'ocre de la lumière mourante, s'offraient à lui. Soudain, un besoin urgent de la posséder, de refermer ses bras puissants autour de ce dos fragile, d'écraser ses lèvres contre cette bouche pulpeuse tendue vers lui, de la faire sienne, s'empara de lui. Son sexe dur martelait son désir.

– Lâchez-moi.

Alannah, dans un souffle, tentait désespérément de reprendre contenance. Que lui arrivait-il ? Haletante, oppressée, une langue de feu dans le ventre, elle perdait tout contrôle. Elle devait s'éloigner de cet homme.

– Lâchez-moi, répéta-t-elle, plus fort.

Il desserra son étreinte. Elle fit un pas en arrière, les bras croisés sur le drap glissant. Le temps de reprendre ses esprits et de recouvrer sa dignité, elle tenta de faire diversion.

– Comment se fait-il que vous connaissiez le prénom de ma servante ?

– Je vous demande pardon ? fit Ian, abasourdi par une question aussi saugrenue qu'inattendue dans un tel contexte.

– Vous avez parlé de Nellie tout à l'heure, et vous l'avez nommée. Comment avez-vous su son nom ?

Ayant saisi l'intention de la jeune femme, Ian décida d'entrer dans son jeu.

– Je sais beaucoup de choses sur vous, Alannah.

– Les grands seigneurs ne s'intéressent pas aux noms de leurs domestiques. Et à ceux des autres encore moins.

– Je ne suis peut-être pas un grand seigneur... répondit-il, malicieux.

Ignorant sa parade, Alannah insista.

– Vous n'avez même pas eu le temps de la rencontrer. Comment pouvez-vous savoir son nom ?

– Je vous répète que je sais beaucoup de choses sur vous, Alannah.

Elle médita ces paroles un instant. Cet homme l'intriguait.

– Et que savez-vous d'autre ? l'interrogea-t-elle.

Ian sourit intérieurement de la curiosité non dissimulée de la jeune femme. Il commençait aussi à se familiariser avec la variabilité de ses émotions et à repérer une certaine récurrence dans ses expressions. Sa façon de relever le menton quand elle le défiait ou que sa fierté était en jeu. De planter ses yeux droit dans les siens quand elle le provoquait. Ou encore la dextérité avec laquelle elle parvenait à dire une chose avec sa langue, quand tout son corps en criait une autre.

– Tout ce que vous avez fait ces quatre derniers jours.

– Et comment l'auriez-vous su ? Vous m'avez dit que vous veniez tout juste de rentrer et vous sentez encore le chien mouillé.

Il sourit de son audace.

– Mon second venait me fournir un rapport quotidien.

Elle ouvrit la bouche, interloquée.

– Vous aviez un messager à votre disposition durant tout ce temps et vous n'avez pas cru bon de m'envoyer quelques miettes d'information en retour ?

– Pourquoi, vous vouliez de mes nouvelles ? fit-il avec un large sourire.

Vexée, Alannah se rembrunit.

– Vous êtes une brute.

– C'est trop me flatter. Vous n'avez pas répondu à ma question. Pourquoi espériez-vous des messages de ma part ?

Alannah le dévisagea, perplexe et irritée. Comment pouvait-il poser une question aussi absurde ?

– Je n'avais pas encore défait mes malles que vous étiez déjà parti. Vous ne m'avez fourni aucune explication. Vous m'avez plantée là, dans ce château que je ne connais pas, sans un adieu de courtoisie, sans une consigne.

– Pourquoi, vous aimez qu'on vous donne des ordres,

Alannah ?

Il avait vu juste. Son regard se durcit et son petit nez se retroussa. Fier de lui, il reprit plus sérieusement.

– Je devais informer mes lairds de votre arrivée sans tarder. Votre venue était... disons, à la fois attendue et appréhendée. Votre présence ici ne va pas manquer de faire des vagues. Mon devoir était d'aller consulter mes vassaux en priorité et de discuter avec eux des enjeux de votre venue ici. Quant à mon départ précipité, que vous qualifiez d'inconduite, s'il vous a offensée, j'en suis navré. Telle n'était pas mon intention. Vous comprendrez, j'espère, que votre arrivée trois jours avant la date prévue m'ait pris de court.

Elle prit un air pincé.

– Je vous rassure, je vous comprends tout à fait. Je ne suis pas plus pressée de vous prendre pour mari que vous n'avez envie de me prendre pour femme, mon seigneur.

– Oh mais détrompez-vous, ma dame. Pour ma part, j'ai très envie de vous prendre… pour femme, la taquina-t-il, une lueur espiègle dans le regard.

Mal à l'aise, Alannah resserra le drap sur sa poitrine. Mais il reprit :

– Plus sérieusement, un voyage du nord de l'Angleterre, et impliquant une dame de surcroît, prend en général plus de temps. En particulier à cette saison. Vous avez fait plus vite que prévu.

– Vos chemins boueux étant impraticables, il a bien fallu abandonner la voiture et finir à cheval. Et comme vous n'avez pas eu l'élégance de m'envoyer d'escorte à la frontière seconder celle de mon père, vous comprendrez que nous n'ayons pas souhaité traîner plus que nécessaire en chemin.

Piqué au vif, le ton d'Ian se durcit.

– Mes motifs étaient et demeurent politiques, Alannah. Vous ne devriez pas le prendre personnellement. Ces enjeux vous dépassent.

– Alors peut-être devriez-vous éclairer ma lanterne ?

– Je ne peux discuter de cela avec vous, ma dame.

– Parce que je suis anglaise ? Ou parce que je suis une femme ?

La colère qu'il décela dans son ton l'interpella. Cette jeune fille avait plus de répondant qu'il ne l'aurait imaginé. Il répondit gravement :

– Parce que vous êtes anglaise.

– C'est bien commode, se vexa-t-elle.

Cette femme le déconcertait. Prête à s'abandonner à lui une minute auparavant – sa main à couper –, la voilà qui s'offensait d'un rien et brassait indistinctement politique et sentiments. C'était bien une femme, tiens ! Contrariée, elle avait détourné la tête. Une mèche esseulée, légèrement recourbée, ondulait sur son épaule nue. Ian lui prit le menton entre le pouce et l'index et le releva vers lui. Sa peau était douce. Soyeuse. Elle se dégagea d'un mouvement sec de la tête.

– Et s'il m'était arrivé quelque chose ?

– Je ne vous connaissais pas, je n'en aurais pas été affecté.

– Et maintenant ?

Elle planta ses yeux dans les siens.

– Maintenant, c'est différent.

Il pensa que cette réponse laconique suffirait à l'apaiser, mais elle poursuivit :

– D'un point de vue *politique*, comme vous dites, (elle mit une légère emphase sur le « politique » en imitant son accent rugueux) cela n'était pas très prudent de prendre le risque qu'il m'arrive malheur sur le sol écossais. Et encore moins sur vos terres.

Il la fixa, songeur. Cette fille était très fine. Il allait devoir faire attention aux informations qu'il laisserait échapper à l'avenir. Il décida de jouer franc jeu, pour cette fois.

Elle méritait bien quelques explications sur son attitude peu chevaleresque.

– Si je vous avais fourni une escorte de ma propre initiative, mon attention aurait été taxée d'excès de zèle par mes compatriotes. Les plus vindicatifs d'entre eux y auraient vu une forme d'allégeance à votre roi, d'empressement à satisfaire ses moindres désirs. Par la neutralité et ma passivité, je signifiais clairement mon manque d'intérêt pour l'offre d'Edouard, sans toutefois la refuser officiellement ni prendre le risque d'une guerre ouverte. S'il vous arrivait malheur, cette alliance tombait à l'eau, sans que cet incident soit un motif suffisamment tangible pour qu'Edouard puisse se permettre de lancer des représailles de grande ampleur. Je connais mes compatriotes. Les conditions de votre disparition n'auraient jamais été éclaircies. On aurait cru à un accident. La situation se résolvait d'elle-même.

– Dois-je en conclure que vous espériez secrètement que c'est ce qui se produirait ?

– Je n'ai pas dit cela.

– C'est pourtant ce que vous avez indirectement encouragé. Mes gardes ont dû repousser deux raids, heureusement de quelques hommes seulement, à Aberfoyle tout d'abord, puis sur les rives du Loch Fyne.

– Je sais.

– Vous savez ? s'étrangla-t-elle. Et vous n'avez rien fait ?

Il se tut. Elle avait toutes les cartes en main pour comprendre. Il n'avait rien à dire de plus pour justifier son attentisme. Furieuse, Alannah décida de souligner son incohérence.

– Alors pourquoi cette escorte au contraire si rapprochée depuis que je suis ici ? Ces deux espèces de montagnes qui ne me quittent pas d'une semelle ? Ces restrictions ?

– Parce qu'en vous descendant de votre cheval, en vous donnant ces appartements, j'ai accepté devant mes gens de vous épouser. Et que désormais, en ce qui concerne votre sécurité, il n'y va plus de l'honneur de votre père ou de votre roi, mais du mien.

Alannah baissa les yeux. Reculant d'un pas, elle s'assit à demi sur le rebord de la cuve. Distraite par le feu qui lui était monté aux joues à plusieurs reprises, elle n'avait pas pris garde que la température de son corps avait chuté. Elle frissonna.

– Vous tremblez, Alannah. Venez plus près du feu.

Accompagnant son incitation d'un geste, il passa doucement ses doigts sous son coude et y imprima une légère pression en direction du feu. Fatiguée, elle se laissa faire et se laissa tomber sur le banc devant l'âtre. Ian s'était agenouillé près du feu et s'activait à le ranimer. Ecartant les tisons et jetant une nouvelle bûche sur le feu, il lui dit pardessus son épaule :

– Mettez votre chemise.

Alannah se raidit.

– Ne faites pas l'enfant, continua-t-il sans se retourner. Vous allez attraper du mal si vous restez mouillée.

Elle hésita. Puis, saisissant sa chemise, elle se leva d'un bond ; plongeant la tête dans l'encolure, elle l'enfila d'une souple ondulation du corps, laissant le drap de bain glisser à ses pieds du même mouvement. Le temps qu'elle se penche pour le rattraper et le plaque devant elle, Ian s'était redressé et, l'œil rieur, la contemplait, bras croisés sur son large thorax.

– Ne soyez pas stupide, vous allez mouiller votre chemise.

– Je ne peux pas vous laisser me voir en chemise.

– Vous m'avez bien laissé vous voir nue.

– Je ne vous ai pas… !

– Et pourtant.

– Je dormais !

– C'est possible.

– Vous êtes un mufle ! Sortez d'ici !

Il s'approcha. Ses yeux avaient repris une nuance charmeuse. Un éclat malicieux brillait au bord de chacune de ses prunelles. Sous l'effet du désir, leur bleu sombre ressortait.

– Alannah, voulez-vous vraiment que je parte ?

Un pas de plus. Il n'était à présent plus qu'à quelques pouces d'elle. Elle se sentit rapetisser. Cet homme la rendait folle. Il aimait jeter le chaud, le froid, la tête lui tournait. Ses paroles blessantes la raidissaient et, l'instant suivant, elle se liquéfiait sous l'effet de son charme. Il ne fallait pas. Elle ne pouvait pas. L'image de son père, sa voix menaçante, son ton implacable s'imposèrent soudain à son esprit. « Les hommes sont faibles face à la chair, Alannah. Je ne serai plus là pour te protéger. Tu devras veiller seule à ton honneur, au mien, à celui de ta famille. Ne me déçois pas. »

– Les Ecossaises ont peut-être pour habitude de s'allonger facilement, mon seigneur. Mais pour ma part, je vous demande instamment de sortir de ma chambre où vous n'auriez jamais dû entrer pour commencer.

Conscient de l'effet qu'il avait sur elle, Ian ne put s'empêcher de sourire. Il choisit cependant de s'exécuter. Il ne voulait pas finir par la braquer et il se sentait fatigué. Ces quatre jours de chevauchée et de débats intenses l'avaient épuisé.

Il s'inclina respectueusement et sortit de la pièce.

Chapitre III

– Le seigneur Ian vous demande, ma dame.

Alannah sentit un courant glacé lui saisir les entrailles. Un instant, son cœur se figea.

– Maintenant ?

– Oui ma dame.

Contrariée, Alannah soupira. Elle n'avait pas sitôt fini de se préparer qu'il la sollicitait de nouveau. Cet homme avait décidé de lui rendre la vie impossible. Tout bien considéré, elle se demanda si elle ne regrettait pas ces quatre jours où il avait disparu dans les montagnes et où elle ne savait encore rien de lui.

– Il vous dit aussi de prendre une pelisse, ma dame.

Alannah attrapa sa longue cape rousse doublée de renard et la posa sur son avant-bras replié.

Elle suivit Ceit dans les couloirs et descendit avec elle jusqu'à la grand-salle. Outre la vieille intendante, Ceit était la seule servante de la mesnie[11] à parler quelques mots d'anglais. C'est pourquoi Ian l'avait détachée spécialement au service d'Alannah pour seconder Nellie.

Ce matin-là, les deux gardes n'étaient plus en faction devant sa porte et personne ne la suivait dans l'escalier. Le maître des lieux étant rentré à demeure, ils avaient dû recevoir une nouvelle affectation. Alannah apprécia ce regain

[11] Maisonnée, ensemble des personnes vivant sous le même toit, en l'occurrence celui d'un seigneur.

de liberté. Finalement, tout n'était peut-être pas si sombre : après l'entretien que le seigneur MacAlistair lui réclamait, elle pourrait probablement se rendre directement aux écuries et savourer une longue promenade, seule, pour une fois !

Elle suivit Ceit à travers la grand-salle puis dehors. En haut des marches, elle s'arrêta. Ian l'attendait dans la cour, campé entre sa haquenée et ce grand étalon noir pangaré qu'elle avait vu partir au galop quelques jours plus tôt. C'était une très belle bête ; les muscles de ses cuisses saillaient sous leur robe sombre et luisante au soleil. Sa crinière noire lui donnait un aspect ténébreux. Impétueux, il piaffait d'impatience. Ian ne bougeait pas.

Alannah franchit la passerelle et descendit lentement les marches qui la séparaient du sol en terre battue de la haute cour. Ian la regarda se mouvoir gracieusement dans sa robe de velours vert clair cintrée à la taille qui laissait deviner les contours de sa silhouette. Ses manches longues étaient légèrement évasées à leur extrémité et partaient d'un décolleté carré plutôt chaste. A la mode, cette robe épousait parfaitement ses formes graciles et soulignait la finesse de sa taille. De longs pans de soie presque transparente s'échappaient de ses manches au niveau du coude. Lorsqu'elle arriva près de lui, le regard d'Ian passa plusieurs fois de sa robe à ses yeux. Le même vert d'eau. Le même liseré doré qui soulignait le décolleté et les coutures des manches, et encadrait ses yeux de cils presque blonds. Gênée par l'examen dont elle faisait l'objet, Alannah baissa les yeux et se détourna de lui pour caresser la tête de sa jument. Ses cheveux soigneusement peignés flottaient dans son dos. Ils étaient plus longs et plus lisses encore que dans son souvenir ; leur courbe châtain clair, souple, épousait ses omoplates, soulignait le creux de ses reins, le bombé de ses fesses et chutaient sur l'arrière de sa robe.

– Vous m'avez fait mander, mon seigneur ? demanda-t-elle sobrement.

Faisant un pas de côté, Ian capta de nouveau son regard.

– J'aimerais vous accompagner aujourd'hui pour votre promenade matinale.

– Je vous remercie mais j'en suis lasse.

– Ce n'est pas ce qu'on m'a dit.

– On vous aura mal renseigné.

– Ecoutez, Alannah... commença-t-il en posant sa main sur l'encolure de la pouliche.

– Ne la touchez pas.

– Pourquoi ?

– Il vous faut la tenir par la bride. Elle n'aime pas les étrangers.

– Peut-être est-ce parce qu'ils ne savent pas la caresser comme elle aime, susurra-t-il en plongeant ses yeux d'acier dans ceux de la jeune femme.

Et, joignant le geste à la parole, il entreprit, sans la quitter des yeux, de caresser d'une main ferme l'animal, qui se laissa faire. Il lui coula un regard victorieux :

– Tout s'apprivoise, Alannah...

La jeune femme détourna la tête.

– Alannah, laissez-moi vous faire visiter correctement mes terres, reprit-il sur un ton sincère. Si vous devez devenir ma femme, je tiens à vous les présenter moi-même. A moins que vous ne préfériez une escorte plus fournie ? ajouta-t-il non sans ironie.

Elle lui décocha un regard furibond.

– C'est bien ce que je pensais. Je ne peux vous laisser chevaucher seule ici, Alannah, et j'aimerais autant que celui qui vous accompagne ce matin, ce soit moi.

Alannah soupira. Elle était demeurée si troublée la nuit dernière lorsqu'Ian avait quitté sa chambre qu'elle n'avait pas fermé l'œil de la nuit. L'air vif de l'hiver finissant lui ferait le plus grand bien. Elle en avait besoin et s'était réjouie à l'idée d'une promenade ce matin. Elle n'avait simplement pas prévu que cet homme aurait la grossièreté de s'imposer dans tous ses moments d'évasion.

– Non content de me surprendre dans mon bain, il vous faut maintenant me poursuivre également dans tous mes déplacements ?

– Prenez garde, ma dame, vous parlez fort, l'avertit-il avec un clin d'œil.

Alannah sentit le rouge lui monter aux joues. A quelques pas d'Ian en effet, un palefrenier tentait de calmer l'étalon qui se montrait de plus en plus agité.

– Mon cheval s'impatiente, avança Ian en guise d'argument décisif.

Alannah poussa un soupir mécontent et déplia sa cape.

– Permettez, fit Ian en la lui prenant gentiment des mains.

La contournant, il se plaça derrière elle et offrit de lui positionner son mantel. Alannah, soucieuse de ne pas faire d'esclandre devant la vie grouillante des gens qui s'affairaient tout autour d'eux, dut se contenter de soulever ses cheveux afin qu'il puisse glisser le vêtement au plus près de son dos. Elle sentit ses mains chaudes placer l'étoffe sur ses épaules, passer les lacets autour de son cou, y faire lentement, très lentement, un nœud. Ian prenait son temps. Il contemplait la grâce de cette nuque tendre et élégante qui, découverte, s'offrait à ses yeux connaisseurs. La petite oreille finement dessinée et la ligne fuyante de l'arête délicate de son visage. En contrebas, une gorge blanche débouchant sur l'arrondi des deux seins rebondis enserrés dans le velours, et qui se soulevaient au fur et à mesure que la respiration d'Alannah s'approfondissait. Le nœud achevé, il effleura de ses doigts ce cou frémissant et frôla sa nuque à la racine des cheveux en feignant de les replacer. Alannah se retourna brusquement.

– Merci, dit-elle sèchement.

Puis, attrapant la bride de sa jeune monture, elle la contourna d'un pas vif et vint se placer sur son flanc.

– Puis-je avoir un tabouret ? fit-elle, de nouveau contrariée.

Ian la rejoignit et s'approcha tout près d'elle.

– Ici, les dames ne montent pas avec un tabouret.

– En Angleterre non plus, mais c'est pourtant ainsi que j'aimerais procéder.

– Ne faites pas l'enfant Alannah.

– Arrêtez de me dire ça.

– Alors arrêtez de vous comporter comme telle.

Furieuse, elle se résolut à lui faire face. Plus tôt elle en aurait fini, mieux cela vaudrait. Dos au ventre de sa monture, relevant les coudes, elle posa ses mains à plat sur le dos de l'animal derrière elle de part et d'autre de la selle et attendit, le défiant du regard.

Ian retarda de quelques secondes le moment de l'aider à monter en selle. Debout à quelque trois paumes d'elle à peine, il la dominait de toute sa hauteur. Cette femme était complètement inconsciente de ce qu'elle pouvait susciter chez un homme. Il se pencha, plaça ses mains sous ses genoux et la souleva sans effort. Se laissant déposer sur sa selle, elle corrigea alors son assise et plaça ses genoux de part et d'autre des deux cornes de sa selle en amazone, légèrement à gauche du garrot. Il l'accompagna dans son mouvement et laissa ses mains s'attarder en la regardant. Enfin, ses doigts coururent lentement le long de sa jambe, emprisonnèrent sa cheville et placèrent son pied gauche dans l'étrier unique. Au supplice, Alannah ferma les yeux.

– Allons-y, je vous en prie.

Satisfait, Ian enfourcha son cheval d'un saut leste et l'éperonna. Il partit au galop. Surprise, Alannah fit faire demi-tour à sa monture et la lança à son tour à bride rabattue.

Pour la première fois depuis qu'elle avait mis les pieds en Ecosse, le soleil dardait franchement ses rayons d'or sur le paysage alentour. De gris, vaste et mouillé, il était devenu lumineux. Ses collines aux courbes molletonnées s'étaient parées d'un manteau d'un vert incomparable auquel s'accrochaient, éparses, quelques touffes de lichen. Les larges plaques noires laissées par la neige fondue sur les chemins de terre s'étaient repeintes en bleu acier, mirant un ciel dégagé. Pour la première fois, le loch ne lui apparut ni noir, ni anthracite. Il était d'un bleu profond, immaculé. En lieu et place d'une vaste impression de désolation lunaire, de chemins escarpés recouverts de neige sale, de paysages déchiquetés et de terres pelées torturées par le vent, la pluie et le froid, qu'elle parcourait hier encore, elle découvrait le pays d'Ian : des gorges profondes ; de sombres forêts ; des rives couvertes d'algues orangées, presque fluorescentes ; de minuscules fleurs jaunes tranchant avec le gris des collines pierreuses ; les taches roses des bruyères en fleurs ; et puis, ces lochs interminables qui s'étiraient paresseusement vers la mer, se frayant un chemin tranquille entre les montagnes bleues qui s'y jetaient violemment.

Il lui montra ses moulins, ses pressoirs à huile, l'une de ses exploitations forestières et poussa même leur excursion jusqu'au petit port maritime le plus proche, à une huitaine de lieues[12] de là, à l'ouest. Son fumoir, son saloir, et ses barques emplies de saumons, fruits de la pêche aurorale qu'on commençait à décharger. Il la fit passer près des hameaux d'Ardanaiseig, de Taynuilt et de Kilchrenan sans toutefois les traverser. Au retour, il lui avait promis qu'ils feraient un crochet par le burgh[13] de Dalmally.

Alannah respirait profondément. L'air frais du matin la requinquait toujours. Sans trop savoir pourquoi, pour la

---

[12] Au Moyen-âge, unité de longueur correspondant à en moyenne 4,4 kilomètres : il s'agissait de la distance parcourue par un homme à pied en une heure.

[13] Bourg, ville.

première fois depuis qu'elle avait quitté Newcastle, elle se sentit le cœur léger. Ian était prévenant, attentionné, et se tenait à une distance respectueuse. Il ne l'avait plus bousculée depuis qu'ils avaient quitté Kilchurn et se contentait de lui parler de ses terres, de ses ressources et de ses mystères.

Elle avait pu voir quelques-unes de ces vaches chevelues des Highlands dont il lui vantait la qualité du lait et de la viande ; et des centaines de ces innombrables moutons à tête noire dont la laine était si importante pour la confection des vêtements chauds. Elle avait été surprise par l'aspect des premières, par leur couleur, la longueur de leurs poils roux et de leurs cornes affûtées ; et par l'abondance des seconds.

En une demi-journée, elle avait appris que les principales richesses de celui à qui on l'avait promise étaient issues du pastoralisme, de la pêche, du bois de coupe et de l'exploitation de ses gisements de fer, mais aussi de la culture du malt, de l'orge, de l'avoine, du seigle, du blé et de multiples cultures vivrières sur ses terres de l'est, au nord de Glasgow. Il lui avait expliqué que sa situation unique à l'extrême sud des Highlands faisait de lui l'un des très rares privilégiés à jouir aussi bien des richesses naturelles de cette partie de l'Ecosse que des atouts économiques des premières plaines des Lowlands à l'est. Si la mer, ses lochs et ses forêts, lui procuraient l'essentiel de son fond d'exploitation commerciale, c'étaient ses terres agricoles de l'est qui, en période de disette, servaient de grenier à l'intégralité de son domaine.

Alannah aimait quand il parlait de son pays. Quand il en évoquait la beauté et les incomparables richesses, ses yeux s'allumaient, son corps s'animait et il en oubliait de la regarder de façon déplacée. Il lui parlait alors de façon neutre, comme à un homme et elle prenait cela comme une marque de considération.

Et puis… il était passionné. Cet homme-là appartenait à sa terre plus qu'Alannah ne s'était jamais sentie anglaise. Elle se surprit à envier son attachement à sa terre, à ses racines, à ses montagnes.

Il avait alterné le pas et le galop. Elle avait aimé ces changements de rythme, la sensation de liberté qui s'emparait d'elle lorsqu'ils se lançaient dans une course effrénée le long d'un loch, comme les accalmies propices aux échanges et permettant à sa jument de se ressourcer.

Sur le chemin du retour, sentant ses reins en proie à de violents élancements, elle demanda à faire une courte pause. Il leur trouva une plage de galets au bord du Loch Awe, descendit de cheval et s'approcha d'elle. Docile, elle dégagea ses jambes des fourches et se laissa couler entre ses bras. Elle était fourbue. Leur promenade avait duré bien plus longtemps que ce qu'on lui permettait habituellement en Angleterre et ce qu'elle s'était autorisé depuis son arrivée. Ils firent quelques pas. La masse imposante du château de Kilchurn s'avançait sur sa péninsule rocheuse vers l'intérieur du loch, à environ une demi-lieue seulement sur leur gauche. A droite, au loin, le loch s'ouvrait sur la mer.

– Vous montez plutôt bien pour une Sasunnach[14].

– Qu'est-ce qu'une « Sasunnach » ?

– Une Saxonne.

Elle décida d'ignorer la feinte condescendance de sa remarque et préféra lever le doute sur un sujet qui l'interpellait.

– Vous l'avez su mais vous n'avez rien objecté au fait que je monte chaque jour à cheval…

– Aurais-je dû ?

---

[14] Terme gaélique écossais pour désigner les Anglais de façon péjorative. Il signifiait littéralement « Saxon » en référence aux origines angles, saxonnes et jutes (donc germaniques) des Anglais (vs. les origines plutôt pictes, scots et scandinaves des Ecossais).

– Bien des hommes l'auraient fait.
– Sous quel prétexte ?
– Que ce n'est pas correct.
– Correct pour qui ?
– Pour une dame.
– Je me moque éperdument de ce qu'une dame est censée faire et ne pas faire selon l'étiquette, Alannah.
– Comment ? fit-elle, interloquée.
– Alannah, j'ai connu bien des dames. Beaucoup ont fait avec moi ce qui ne seyait absolument pas à leur condition.
Il se pencha en avant et, plantant ses yeux bleus au fond des siens, ajouta sur le ton de la confidence :
– Croyez-moi, aucune n'a regretté – et moi non plus.
Alannah posa sur lui un regard outré. Ses yeux de jade s'étaient obscurcis.
– Eh bien, ne comptez pas sur moi pour suivre l'exemple de vos multiples conquêtes. Une dame ne se distingue peut-être pas d'une fille de joie par chez vous, mais chez moi en Angleterre, la différence est grande.
Sentant sa gorge la piquer, sa voix se briser, elle pivota sur ses talons et s'enfuit brusquement.
– Alannah. Alannah !
En trois enjambées, Ian l'avait rejointe. Il l'attrapa par le coude et la retourna brutalement, la forçant à lui faire face.
– Lâchez-moi !
– Alannah, calmez-vous.
Comme elle cherchait frénétiquement à se dégager de l'emprise de ses doigts puissants refermés sur son coude, au risque de se démettre l'épaule, il la lâcha et lui saisit simultanément les deux poignets, verrouillant ses avant-bras frêles et les immobilisant contre son torse.
Paralysée par sa prise autoritaire, Alannah détourna la tête. Elle était furieuse – et blessée. Cet homme n'avait pas

son pareil pour la mettre hors d'elle, l'accabler, l'humilier même. Un instant il se montrait charmant, arborait un sourire désarmant et la traitait avec égards, mais en un claquement de doigts il trouvait le moyen de la ramener au rang de vulgaire figurante. Et puis, elle n'aimait pas imaginer Ian serrer ces femmes dans ses bras. Combien de maîtresses avait-il eues ? En avait-il encore ? Quels affronts devrait-elle essuyer si elle devenait son épouse ? Quelle place aurait-elle dans sa maison, dans son lit, dans son cœur ? Non content d'être écossais, son futur mari était un mufle.

Elle sentit une larme rouler sur sa joue. La honte l'envahit. Il ne fallait pas qu'il la voie dans cet état. Elle baissa la tête sur le côté et garda les yeux rivés au sol. Sa cape glissa de ses épaules et vint s'amasser à ses pieds, exposant ses épaules à la brise fraîche qui se levait.

Ian était consterné. La violence de la réaction de la jeune femme le surprenait. Quelle mouche l'avait piquée ?

– Alannah, que se passe-t-il ?

Un silence.

– Alannah, regardez-moi.

Comme elle ne bougeait pas, il immobilisa ses deux poignets d'une seule main contre sa poitrine et lui releva le menton de l'autre. De toute façon, elle ne se débattait plus. Ses yeux brillaient comme deux flaques d'eau sous le soleil d'été ; agressé par la salinité des larmes, l'iris de ses yeux verts s'était encore éclairci. Il était moucheté de fines gouttelettes bleues et jaunes près des pupilles. Ses jolies joues roses tachetées de rousseur s'étaient muées en de douces collines parcourues de sillons scintillant comme les ruisseaux au printemps.

– Alannah, pourquoi pleurez-vous ?

– Je ne pleure pas.

Pressentant vaguement ce qui pouvait contrarier la jeune femme, Ian tenta de la raisonner.

– Alannah, vous savez, il est normal pour un homme de…

– Taisez-vous !

Devant l'intensité du désarroi de la jeune femme, Ian se rendit à l'évidence. Il avait voulu l'éprouver, éveiller son imaginaire, lui faire miroiter la perspective alléchante d'ébats sensuels et satisfaisants. Et tout ce qu'il avait réussi à faire, c'était l'offenser – une fois de plus. Mais quel idiot ! Pensait-il *vraiment* pouvoir ainsi éveiller en elle la curiosité, l'envie, des instincts concupiscents ? Qu'en évoquant ces femmes qui avaient joui entre ses bras, il allait la tenter de se donner à lui ? De faire fi des convenances ? Ian se maudit intérieurement. La vérité, c'est que cette femme semblait infiniment loin de lui céder, et qu'il ne le supportait pas. Elle avait envie de lui mais, même à deux pas de défaillir, elle lui résisterait.

– Je suis désolé, Alannah. Tout ce que j'ai voulu vous dire, c'est que j'aime trop parcourir ce pays moi-même pour trouver quoi que ce soit de répréhensible à ce que vous jouissiez du même plaisir sous prétexte que vous êtes une femme. Je ne trouve pas cela incorrect.

Elle se détacha de lui. Il lui lâcha les poignets et, tout en se les frictionnant, elle fit quelques pas sur la grève. Les flots brillaient sous les rayons obliques du soleil. Il lui sembla qu'une fine poussière dorée baignait le lac et capturait sous forme de faisceaux les stries de lumière qui s'abattaient sur sa surface lisse. Se tournant vers l'astre du jour, elle ferma les yeux et lui offrit son visage. La lumière sur sa peau et cette douce chaleur sur ses pommettes l'apaisèrent.

Ian s'était approché doucement de son dos. Il posa ses mains chaudes sur ses épaules qu'elle avait dénudées en se débattant. Elle ne chercha pas à se dégager. Il effleura de ses pouces sa nuque, l'arête de ses omoplates, puis fit glisser ses mains sur les pans de la robe malmenée. La respiration de la jeune femme se fit plus oppressée. Mais elle ne bougea pas. Ses mains parcoururent son dos, ses cheveux, emprisonnèrent la finesse de sa taille. Ses mains étaient tellement larges et cette taille si menue qu'il lui semblait qu'il aurait pu en faire le tour sans effort. Remontant vers les deux jeunes épaules, il les recouvrit des manches qui avaient commencé à glisser sur les doux bras blancs et lui remit sa cape qu'il avait ramassée à terre. Un jour, cette femme ôterait d'elle-même cette robe pour lui.

Lentement, elle se tourna. Ses grands yeux verts se posèrent sur lui.

– Rentrons, demanda-t-elle seulement.

Il acquiesça. Epuisée, elle se sentit prise de vertige. Ian la prit dans ses bras sans mot dire et la porta jusqu'à son cheval. Il l'installa devant lui sur sa monture et, attrapant les rênes de la pouliche, d'un petit claquement de la langue leur fit tourner bride. Alannah se laissa bercer par l'odeur fauve qui se dégageait de lui, et la chaleur qui émanait de tout son corps. Elle n'avait plus la force de le repousser, de lutter contre elle-même. Ils firent au pas et en silence le chemin qui les ramenait au château. Ils ne passèrent pas par Dalmally.

***

Alannah refusa de manger ce soir-là. Elle avait déjà décliné la collation que Nellie lui avait portée à sa chambre à leur retour et s'était contentée de prendre un long bain parfumé en pleine après-midi, se gardant bien cette fois-ci de renvoyer sa servante. Puis elle s'était livrée en rêvassant à quelques menus travaux d'aiguille qu'elle avait l'intention de faire porter à ses sœurs chez leurs maris respectifs.

Ses deux aînées avaient eu la chance d'être mariées à des lords anglais du nord de l'Angleterre. Ils n'étaient pas particulièrement aimables, mais au moins, ils étaient anglais, et de fervents alliés de leur père. Et elles n'avaient pas eu à aller plus loin que le Cumberland. En à peine trois à quatre jours, elles pouvaient être chez leur père. Alannah avait mis près de trois semaines pour arriver à Kilchurn.

Alannah laissa errer ses pensées. Elle aussi avait été promise à un lord anglais, il y avait bien longtemps. Brigham, l'un de ses cousins. Son cousin préféré. Elle l'aimait beaucoup. Ils s'étaient toujours bien entendus étant enfants et, à l'adolescence, on avait commencé à parler mariage. Il lui plaisait et lui avait donné de nombreux témoignages d'affection. Le comte de Northumberland n'ayant pas d'héritier mâle, son dernier frère, Hugh, évêque de Newcastle, s'était déclaré prêt à faire des facilités et à leur accorder une dispense afin de permettre à Brigham d'hériter du comté de son oncle en plus de celui de son père, à Durham. L'unité de la famille d'Harcourt s'en trouverait renforcée et son emprise sur le nord de l'Angleterre réaffirmée.

Mais Brigham avait dû partir pour le continent servir les intérêts de la couronne en France, et Alannah ne l'avait pas vu depuis quatre ans. Ensuite, le roi s'en était mêlé et, sur réputation, avait réquisitionné la dernière fille d'Harcourt pour servir, cette fois, ses intérêts en Ecosse. Henri de Northumberland tenant la frontière, il avait d'après le roi tout autant intérêt que ce dernier à ce que les Southern Uplands et les Lowlands soient stabilisées par une politique matrimoniale habile et à ce que son suzerain puisse concentrer ses efforts militaires sur le sol français. En outre, Alannah allait avoir vingt ans. Il était temps de l'unir à un homme. En l'absence du jeune promis, l'accord oral convenu entre les deux branches d'Harcourt avait été déclaré caduc, par la force des choses. Et Alannah était partie pour la seigneurie d'Argyll, en plein mois de février.

Elle se mit à imaginer ce à quoi ressemblerait sa vie aujourd'hui si Brigham était revenu plus tôt de France. Il l'aurait épousée. Elle aurait déjà un enfant, peut-être deux. Ils vivraient probablement dans leur manoir du comté de Durham en attendant que Brigham ne prenne la place de son père. Elle serait en Angleterre. Elle serait en famille. Brigham avait toujours été très possessif ; il l'aurait protégée. A peine plus âgé qu'elle, il était jeune, ambitieux, impulsif, grand et mince. Joli garçon. Toujours bien coiffé et, quand il l'avait quittée, imberbe. Il avait beaucoup d'allure à seize ans. Il était un peu son chevalier servant. Il ne laissait aucun autre garçon l'approcher. Elle aimait beaucoup toutes les attentions qu'il avait pour elle.

Alannah sortit soudain de sa rêverie. Elle avait froid. Relevant le nez de son ouvrage, elle s'aperçut qu'il faisait nuit et que sa fenêtre était restée entrouverte. Elle se souvint avoir nonchalamment donné congé à Nellie un peu plus tôt, mais elle aurait été bien incapable à présent d'estimer quand. Elle s'approcha de la fenêtre. Le ciel était d'un noir de jais. Entre les lambeaux de nuages gris qui le voilaient par endroits scintillaient des milliers d'étoiles. La lune baignait le loch d'un noir profond de sa lumière laiteuse. L'air était glacial. Le silence, total. Alannah referma la fenêtre et verrouilla le volet d'intérieur.

Elle s'aperçut qu'elle avait faim. Très faim. Maudissant son estomac, elle se changea en hâte et s'enroula le corps d'un immense châle vert, se déchaussa et entrouvrit sa porte avec précaution, prenant garde de ne pas faire le moindre bruit. Elle passa la tête à l'extérieur. Le couloir était plongé dans l'obscurité. Seule une torche fichée dans le mur, en haut de l'escalier, léchait la pierre de sa langue jaunâtre et faisait danser son cortège d'ombres sur le sol.

Alannah amorça prudemment sa progression le long du couloir. Arrivée devant la porte de la chambre d'Ian, elle se figea, tendit l'oreille. Rien. Le silence absolu. Plus rien ni personne, en ce château, n'était encore éveillé. Soulagée, Alannah se saisit de la torche et descendit prudemment les marches irrégulières de l'escalier à vis. Trois étages plus bas, elle parvint aux cuisines semi-souterraines. Avisant une lumière qui filtrait par-dessous la porte, elle en déduisit que le feu brûlait encore dans le foyer et qu'une ou deux servantes devaient finir de nettoyer les lieux. Cela l'arrangeait, elle n'aimait pas fouiller. Elle ficha la torche dans l'un des appendices muraux prévus à cet effet en bas de l'escalier et remarqua qu'une autre torche s'y consumait déjà, en bout de course.

Alannah s'approcha et, serrant son châle contre sa poitrine, poussa prudemment la lourde porte qui, dans un grincement, pivota sur ses gonds, avant de faire un pas à l'intérieur de la pièce.

Un feu réconfortant crépitait dans l'âtre. Une délicieuse odeur de pain de seigle flottait dans l'air. Alannah avisa, dans le coin le plus proche de la porte, les miches dodues couvertes de farine. Puis, relevant les yeux, elle chercha du regard Ceit, Anna, Màiri : quelqu'un à qui s'adresser. Des gousses d'ail, chapelets d'oignons et gibiers variés pendaient des solives massives. La cuisine était légèrement enfumée. Une odeur de bouillon vint lui chatouiller les narines. Elle se figea.

Assis à la grande table centrale, en jambières, bottes et chemise, les cheveux en bataille et la cuillère en suspens, Ian la regardait, amusé. Jambes écartées, coudes appuyés sur la table, il ne semblait pas le moins du monde gêné d'être surpris dans une tenue si légère. Lorsqu'elle croisa son regard, il haussa un sourcil enjôleur. Alannah sentit le rouge lui monter violemment aux joues. Elle détourna les yeux et esquissa un mouvement de recul en direction de la porte.

– Voyons, ma dame, je vous en prie, ne me fuyez pas, dit-il d'un ton badin.

Risquant un coup d'œil à la dérobée, Alannah réalisa qu'ils étaient seuls. Feignant l'assurance, elle reporta sur lui un regard qu'elle voulut indifférent. Un quignon de pain et une chope d'hydromel accompagnaient son frugal repas. Ses manches retroussées sur ses avant-bras musclés en laissaient deviner le fin duvet brun sur une peau tannée par les rayons crus du soleil boréal. Les lacets de sa chemise pendaient de part et d'autre d'un grand bol de bouillon fumant. En les remontant des yeux, Alannah s'aperçut que sa chemise ouverte laissait apparaître son torse mat et légèrement velu. Les joues en feu, elle baissa les yeux.

Goguenard, Ian se leva. Le banc racla sur les dalles de terre cuite. Alannah jeta un coup d'œil affolé vers la porte restée entrouverte.

– Ne vous inquiétez pas, à cette heure-ci, personne ne rôde dans ces étages.

Il contourna la table et s'approcha d'elle.

– A part vous et moi, bien sûr, ajouta-t-il d'une voix suave.

Alannah recula d'un pas. Son dos rencontra la pierre froide et humide du mur. Il la rejoignit lentement pour ne pas l'effrayer et posa ses deux mains à plat sur le mur de part et d'autre de ses épaules graciles. La poitrine de la jeune femme se soulevait avec difficulté. Ses longs cils blonds restaient fixés au sol.

– Alannah, pourquoi avez-vous peur de moi ?

Elle cligna des yeux. Comme elle gardait le silence, il répéta sa question.

– Je n'ai pas peur de vous.

La moue de surprise qui se peignit sur le visage d'Ian s'accompagna d'une petite oscillation incrédule de sa tête. Dubitatif, il leva un sourcil, révélant un œil interrogateur.

– De qui avez-vous peur alors, Alannah ? De vous ?

Il avait cette façon de prononcer son prénom… chaude… sensuelle… enveloppante… Il semblait à Alannah qu'il se l'appropriait un peu plus chaque fois qu'il l'utilisait. Qu'il la faisait sienne, qu'il marquait son territoire, pénétrait chaque fois plus dans son intimité et l'empêchait, en s'octroyant le droit de l'appeler par son prénom, de le repousser tout à fait. Elle n'aurait su décrire exactement ce qu'elle ressentait, mais il lui semblait qu'en l'appelant ainsi, il était également parfaitement conscient de ce qu'il faisait : de prendre des droits sur elle, d'abattre ses défenses une à une et de s'approprier son âme.

– Alannah, regardez-moi.

Ses deux longues rangées de cils noisette se relevèrent et elle le laissa plonger dans l'abîme de ses yeux clairs. Le regard cobalt se fit plus pénétrant. Leurs deux visages se rapprochèrent insensiblement. Alannah, coincée contre le mur entre ces deux bras musclés, dominée par l'aplomb de son futur mari, chercha à s'échapper mentalement de ce gouffre bleu roi où l'appelait Ian. Elle perçut des sons, des détails. Les claquements secs des bûches dans la cheminée. Leurs projections orangées sur le plafond. Les éclats de lumière qu'elles jetaient sur la peau mordorée des bras qui l'encadraient. La mâchoire volontaire de cet homme qui la troublait. Sa barbe de quelques jours, vaguement entretenue. La beauté de ses traits mâles et réguliers. La virilité de cette odeur qui, encore, revenait la hanter. Elle sentit ses jambes se dérober sous elle.

La paume de sa main droite toujours appuyée au mur, Ian la rattrapa d'un bras. Une des petites mains blanches s'était accrochée in extremis à un pan de sa chemise, tandis que l'autre s'était posée sur le bras vigoureux qui l'avait ceinte à la taille. Ses muscles bandés jouaient sous la peau brune.

– Décidément, ma dame, cela devient une habitude pour vous de tomber dans mes bras, plaisanta-t-il en souriant.

Tandis qu'il la remettait sur ses pieds, les doigts fins agrippés à sa chemise effleurèrent ses pectoraux contractés. Saillants, bombés, couverts d'un fin duvet sombre, ils étaient chauds sous la fraîcheur de la caresse. Ian vit qu'elle ne réalisait pas vraiment ce qu'elle faisait. Ses grands yeux s'étaient éteints, son esprit était absent. La tête devait lui tourner. Soudain, une envie impérieuse de l'embrasser l'envahit. De s'emparer de ces lèvres beiges et pulpeuses avides de baisers, ce corps ne demandant qu'à être pris. Il se pencha sur elle. Alors, semblant revenir à elle, Alannah posa une main sur son ventre, l'autre sur sa poitrine.

– Non, souffla-t-elle dans un murmure.

Ian s'interrompit. Il se redressa légèrement pour mieux la contempler. Alannah sentit ses abdominaux se tendre sous ses doigts, comme de dures plaques de métal jouant sous la peau. Il plongea son regard dans les pupilles dilatées de la jeune femme.

– Vous en avez envie, Alannah.

Elle ferma les yeux quelques secondes. Lorsqu'elle les ouvrit, elle dit simplement :

– Je vous en prie.

Frustré, il desserra son étreinte. Elle en profita pour se glisser hors de l'étau de ses bras, se faufiler par la porte, empoigner sa torche au passage et grimper quatre à quatre les marches de l'escalier en direction des étages supérieurs.

– Ce qui s'appelle filer à l'anglaise, soupira Ian.

Chapitre IV

Le lendemain, Ian chassa toute la journée avec plusieurs de ses chevaliers. Alannah retrouva, dépitée, la compagnie des deux énormes guerriers qui lui servaient de gardiens dès qu'elle franchit la porte de sa chambre pour sa promenade matinale. Sa chevauchée, silencieuse lui parut terne et sans intérêt. Les deux molosses ne lui adressaient pas un mot. Au moins se tenaient-ils à une distance respectueuse.

Des vents violents charriaient des nuages lourds, chargés de neige, qui voilaient l'éclat du soleil et s'amoncelaient au-dessus des montagnes. Le paysage avait repris ses tons en noir et blanc. Une brise salée et constante lui fouettait le visage. Les pluies matinales avaient de nouveau mouillé les chemins et la boue mêlée de neige fondue engluait les sabots de sa jument. Après une heure de chevauchée seulement, lassée, elle tourna bride et rentra au château.

Elle passa plusieurs heures entre la haute et la basse cour, cherchant à faire connaissance avec la vie à Kilchurn. La domesticité du château ainsi que la plupart des artisans et habitants des deux cours commençaient à apprécier cette jeune aristocrate étrangère qui, curieuse, allait au-devant d'eux. Surpris tout d'abord au premier jour, ils avaient peu à peu pris goût à ses visites quotidiennes et s'étaient presque étonnés, pour certains, de ne pas la voir déambuler la veille, frapper à la porte d'une chaumière, saluer le tanneur, rencontrer le charpentier, s'entretenir longuement avec les palefreniers ou encore demander des nouvelles du tisserand malade. On appréciait les efforts qu'elle fournissait pour se faire comprendre et la vitesse à laquelle elle apprenait des mots de gaélique.

Alors que le soleil disparaissait au-dessus de la muraille, une cavalcade tonitruante de claquements de sabots, d'éclats de voix graves et de hennissements nerveux franchit le pont-levis et déboula dans la haute cour au petit galop. Ian, à la tête du groupe, arrêta brutalement sa monture. Le cheval noir se cabra, et Ian sauta à terre, lançant ses rênes à un jeune écuyer qui accourait en hâte. Derrière lui, cinq à six chevaliers faisaient un boucan de tous les diables. De grands éclats de rires montaient de la petite troupe et plusieurs hommes accoururent à la suite du boucher afin de débarrasser les sommiers[15] de leur lourd fardeau.

La chasse avait été bonne. Deux cerfs, un sanglier, trois chevreuils, des grues cendrées, des coqs de bruyère, des perdrix, deux faisans et six lièvres d'Ecosse. On se congratulait, on se donnait l'accolade, et on commandait aux femmes de la bière, de l'hydromel, de l'uisge beatha[16], vite ! Alannah, stupéfaite, ne quittait pas des yeux cet amalgame tapageur d'exclamations de voix graves, de rires gras et retentissants, de plaids enroulés autour de larges carrures et de genoux velus dépassant de leurs bottes de fourrure. Elle reconnut le cousin d'Ian, Eachann, ainsi que son second, Quinlan, qui l'avait guidée à ses appartements le premier jour.

On apporta en toute hâte des tonneaux pleins des alcools réclamés. Les gens du château autour d'elle vaquaient à leurs occupations et l'enrobaient de leur tourbillon d'allées

---

15 Bête de somme, cheval destiné à porter de lourdes charges.

16 Whisky (littéralement, « eau-de-vie » en gaélique écossais).

et venues. Ils ne semblaient pas le moins du monde perturbés par un tel tintamarre.

Elle vit Ian avaler d'une traite une immense chope d'uisge beatha sous les acclamations de ses braves. Goulée après goulée, sa pomme d'Adam saillante se soulevait et s'abaissait. Une goutte du puissant breuvage coula sur son menton puis le long de son cou large. Les muscles de ses bras ressortaient après une longue journée d'efforts physiques. Les veines de ses avant-bras athlétiques avaient gagné en relief, et son cou semblait dilaté. Sa dernière gorgée avalée, Ian s'essuya la barbe d'un revers du poignet et brisa violemment la chope à ses pieds. Un tollé d'exclamations hilares accueillit cet exploit. Ian joignit sa voix grave aux clameurs collectives et éclata de rire. Puis, laissant là ses compagnons d'aventure, il s'extirpa du groupe qui s'était refermé autour de lui, frappant du plat de la main quelques dos au passage, et prit le chemin de l'escalier conduisant à la passerelle du donjon.

Son regard croisa par hasard celui d'Alannah qui, fascinée, était restée interdite au milieu de la cour, les bras ballants. Il s'arrêta, se tourna vers elle, posa sa main droite sur sa poitrine, s'inclina légèrement, et reprit son chemin. Alannah était abasourdie. Et dire que les Anglais avaient la réputation d'avoir la descente facile et de ne pas être en reste lorsqu'il s'agissait d'exprimer subtilement leur virilité…

Peu de temps après, elle eut la joie d'entendre Ceit lui annoncer qu'un courrier de sa sœur aînée était arrivé pour elle de Carlisle. Le seigneur MacAlistair l'attendait dans sa chambre pour qu'elle en prenne connaissance.

Folle de bonheur, Alannah se précipita dans le couloir, frappa à la porte et, invitée à entrer, pénétra sans hésiter dans la seule pièce du château où elle avait pris garde de n'avoir encore jamais mis les pieds.

Elle s'arrêta net dans son élan. Ian, de dos, sortait de son bain et s'apprêtait à positionner une serviette autour de ses hanches. Des gouttes d'eau perlaient le long de son large dos au cuir tanné. Ses épaules semblaient encore plus larges que de face ; ses muscles dorsaux élargissaient son thorax au niveau des aisselles et sur toute la partie supérieure de son buste ; ils jouaient sous la peau luisante tandis qu'Ian se séchait le torse. Ses omoplates étaient énormes. Ses hanches, par contraste, semblaient étroites. Juste avant qu'elles ne disparaissent sous la toile blanche, Alannah avait eu le regard attiré par deux fesses musculeuses et serrées. Ses jambes, velues, paraissaient dures. Ses cuisses étaient longues, larges et solides ; les lignes de ses muscles s'affinaient nettement au niveau du genou, puis venaient dessiner les reliefs d'un long mollet athlétique. Il lui fit penser à ces statues grecques et romaines inspirées de l'Antiquité qu'elle avait vues dans la salle d'apparat du château du comte de Norfolk. Ces statues scandaleusement nues, aux lignes parfaites.

Subjuguée, muette, Alannah écarquillait les yeux, debout dans l'encadrement de la porte. Au son de la porte qui s'ouvrait, Ian se retourna et, devant l'air effarouché de la jeune femme, la gratifia d'un large sourire. Ses dents blanches illuminaient son visage dans la semi-obscurité.

– Voyons, ma dame, si nous devons nous marier, il va falloir vous habituer à me voir nu.

Furieuse, elle détourna la tête.

– Vous ne respectez donc rien ?

– Quoi donc ?

– Mais… vous savez bien ! lança-t-elle d'un geste impatient de la main. Les convenances, les conventions, un minimum de savoir-vivre, tout !

– Je vis en homme libre.

– Vous piétinez toutes les règles de bienséance.

– J'ai autre chose à faire que de m'encombrer de ce genre de bagatelles, répondit-il le plus simplement du monde.

Comme elle ne disait rien, il reprit d'une voix suave.

– En attendant, ma chère, bien que je sois sûrement moins gêné que vous à l'idée que toute la domesticité féminine du château me voie nu, auriez-vous l'obligeance de refermer la porte ? Nous perdons de la chaleur.

Confuse, Alannah bafouilla une excuse et s'exécuta. Sitôt la porte close, son regard fut magnétiquement attiré par le mur qui en était resté caché par le battant. Il était entièrement couvert d'un énorme meuble de bibliothèque, chargé de livres. « Oh mon Dieu ! » lâcha-t-elle dans un souffle.

Sans y avoir été invitée, fascinée, elle s'approcha des rayonnages de manuscrits. Progressant lentement le long des pans de bois croulant sous les rangées d'ouvrages, elle en parcourut les titres, caressant d'un doigt distrait les reliures pourpres et brunes. Des biographies ; des ouvrages d'Ovide, de Plaute, de Cicéron ; les *Satires* de Juvénal ; un exemplaire de *l'Histoire ecclésiastique du peuple anglais* de Bède le Vénérable ; un recueil de poèmes de l'Anglais Geoffrey Chaucer ; des traductions latines de géographes, de savants et d'astronomes arabes ; et puis, des auteurs français, aussi. Des chansons d'Arnaut de Mareuil, des romans de Chrétien de Troyes, tous les *Jeux* d'Adam de la Halle, dans la langue. Des Italiens traduits en scot, le *Décaméron* de Boccace, des recueils de sonnets de Pétrarque, des études politiques de Dante. Et une suite de manuscrits, parchemins et enluminures incluant des documents aussi éclectiques que deux traités de médecine et de philosophie d'Averroès, une encyclopédie d'Avicenne, des cartes de Matthew Paris, et même une reproduction de la carte de Ptolémée. Elle n'avait jamais vu de bibliothèque si richement fournie. Ses doigts s'attardèrent sur la couverture d'un exemplaire de la *Guerre du Péloponnèse* de Thucydide, coincé entre Sénèque et Hérodote. Pieds nus, Ian s'approcha d'elle, silencieux.

– Dois-je prendre comme un affront personnel que mon corps ne vous fasse pas le même effet ? demanda-t-il, taquin.

Surprise par la proximité de sa voix, elle fit volte-face. Il se tenait juste derrière elle. Mains sur les hanches, pieds à largeur des épaules, il la fixait, un sourcil levé en point d'interrogation.

– Vous savez lire le grec, Alannah ? reprit-il sur un ton plus sérieux.

Il paraissait interloqué. Gênée par la question, Alannah baissa les yeux, qui se posèrent tout naturellement sur la large poitrine d'Ian. Ses pectoraux proéminents luisaient encore de l'humidité du bain. Plus bas, ses muscles abdominaux, apparents, dessinaient un ensemble de six bosses arrondies. Ses hanches étroites encadraient des aines marquées. Alannah remarqua qu'il n'avait de poils que sur la poitrine ; son ventre était imberbe. Toutefois, sous son nombril, un mince filet brun reprenait forme et conduisait au début d'une toison fournie qui disparaissait sous la serviette. Alannah ferma les yeux.

– Vous lisez le grec ?

Elle acquiesça sans mot dire. Lui prenant délicatement le menton, il lui releva la tête, lui donnant tacitement l'ordre de le regarder. Elle ouvrit les yeux. La surprise s'était accrue sur son visage.

– Quoi d'autre ? L'anglais ? Le latin ?

Sentant que l'interrogatoire n'allait pas s'arrêter là, Alannah se résigna.

– Oui. Et le français, bien sûr.

L'étonnement peint sur le visage d'Ian allait croissant. Enfin, ses lèvres s'étirèrent en un large sourire qui la fit vaciller. Elle n'aimait pas quand il souriait. Son sourire lui faisait perdre contenance.

– Avez-vous beaucoup d'autres surprises de ce genre à

me révéler, ma dame ? interrogea-t-il encore.

– Je croyais que vous saviez tout à mon sujet ?

– Pas tout, non. Mais j'aime ce que je découvre.

Comme elle gardait le silence, il poursuivit.

– Vous savez, en Ecosse, très peu de femmes savent lire. A fortiori le grec ou le latin.

– A ce que j'ai entendu dire, peu d'hommes également, siffla-t-elle.

Il sourit. Décidément, cette femme lui plaisait. Voyant qu'elle ne s'en tirerait pas à si bon compte, elle étoffa sa réponse :

– Mais mon père a voulu que nous recevions toutes une éducation digne d'un homme. Mis à part le maniement des armes bien sûr.

– Pourquoi ?

– Probablement parce qu'il n'a pas pu avoir de fils. Ma mère est morte en me mettant au monde. Et il n'a jamais eu le cœur à se remarier.

Ian resta un instant songeur.

– Qu'avez-vous étudié ?

– Eh bien, les langues, de toute évidence ; l'Histoire et la géographie. L'arithmétique, la géométrie. La rhétorique. Quelques rudiments d'astronomie, de droit… et puis, tout ce qui compose l'éducation d'une dame, bien sûr. Les Saintes Ecritures, le chant, la danse, la musique, le dessin…

Elle accompagna son inventaire d'un vague mouvement de la main en guise d'*et cætera.*

Ian l'observait. Plus elle parlait, plus elle semblait s'apaiser. Parler de livres et de culture semblait lui plaire, presque la détendre. Ian, pour sa part, trouvait que ces informations ajoutaient encore à son charme.

– Pourquoi paraissiez-vous gênée d'aborder la question de votre éducation ?

Elle se tortilla sur sa jambe droite. Le sentiment d'aise

avait disparu.

– Parce que les hommes n'aiment pas les femmes érudites.

Le sourire d'Ian s'élargit encore.

– Certes, cela rend probablement une femme bien moins docile et malléable, mais cela ajoute du piquant à l'existence, non ?

Tout son être respirait la confiance. Il semblait inébranlable. Sûr de lui. De toute évidence, il ne se sentait pas le moins du monde menacé par la perspective d'épouser une femme instruite. Tout au contraire, il semblait même diverti par l'idée de cette expérience.

– Mais alors, comment cela se fait-il que vous n'ayez pas apporté de livres avec vous ?

Alannah soupira de dépit.

– Nous avons dû renvoyer la voiture à Newscastle. Avec la fonte des neiges, les sentiers étaient impraticables. J'ai dû me séparer de plusieurs malles, et de mon coffre.

Son désappointement manifeste le toucha.

– Si vous voulez prendre des livres sur ces rayonnages, ma dame, vous êtes ici chez vous. Je peux vous en recommander certains si vous le souhaitez.

Pour la première fois, il vit une lueur de joie briller au fond des grands yeux clairs. Ne résistant pas à la tentation, il ajouta :

– Et puis, cela vous donnera une occasion de venir dans ma chambre.

La joie fit place à une vague appréhension. Alannah se rembrunit. Ian lui caressa la joue du dos de la main. Son contact était doux. Alannah sentit sa peau frémir. Il se plut à penser qu'un jour, elle le caresserait avec autant d'amour qu'elle avait caressé ces livres. Prise au dépourvu, Alannah chercha une diversion.

– Vous m'aviez fait demander, mon seigneur ? On m'a dit que du courrier était arrivé pour moi.

Sans rien changer à son attitude, Ian répondit :
– En effet.
Comme il continuait de la caresser, Alannah poursuivit :
– Puis-je le lire ?
Ian sourit.
– Mais, vous êtes là pour ça, ma dame.
Il se redressa et s'éloigna en direction de la grande table en chêne massif qui occupait le centre de la pièce. Saisissant une missive jaune encore scellée, il se tourna vers elle et la lui tendit.
– Elle vient de Kathleen ! se réjouit-elle.
Alannah exultait. C'était la première fois qu'elle recevait des nouvelles de sa famille depuis son exil dans le Grand Nord. Pour la première fois, elle se sentit reconnectée au monde, à ses proches, à la civilisation. Il lui sembla que tout était possible.
– Merci, mon seigneur.
Mais, comme elle le saluait d'une courte révérence et se dirigeait vers la porte d'un pas empressé, serrant la missive contre son cœur, elle fut interrompue par un ordre simple prononcé d'une voix égale dans son dos.
– Lisez-la ici.
Elle pivota sur elle-même, contrariée.
– Pourquoi ?
– Parce que vous allez devenir ma femme, dit-il simplement.
– Et alors ?
– Et alors, tout ce qui vous concerne me concerne. Et en tant que mari, j'ai un droit de regard sur qui vous écrit, et quoi.
– Vous n'êtes pas mon mari.
– Non, mais comme je viens de vous le dire, vous m'avez été promise et je vais le devenir. Sans compter que dans le contexte *politique* actuel (il insista sur le « politique » en caricaturant son propre accent), vous compren-

drez que j'exerce un certain contrôle sur les nouvelles qui vous parviennent d'Angleterre.

Avec une moue boudeuse, Alannah se rapprocha du feu en décachetant la missive. Ian, toujours en serviette, les fesses appuyées sur le rebord de la table, bras croisés sur la poitrine, une jambe devant l'autre, croisa les pieds et l'observa attentivement. Il vit les longs cils blonds parcourir avidement les lignes, émus. Les jolies lèvres pâles palpiter au rythme des mots qu'elle parcourait. Les flammes réchauffer la peau de son visage et de son front de leurs chatoiements dorés. De profil, ses longs cheveux tombaient en pente douce sur le rebondi de ses fesses et épousaient les replis de l'arrière de sa robe le long des cuisses.

Il reporta son attention sur son visage. Il crut soudain percevoir un changement dans son expression. Ses lèvres esquissèrent un sourire ingénu immédiatement suivi d'un trouble. Elle battit plusieurs fois des cils. Elle cherchait visiblement à masquer son émotion. Ian s'approcha.

– Qu'y a-t-il ?

Se tournant vivement vers lui et se composant un masque d'indifférence, elle répondit d'un air détaché en abattant la lettre contre sa robe :

– Oh, rien de particulier, mon seigneur. Des nouvelles de ma sœur.

– Vous mentez.

– Non, mon seigneur ! Ce sont des nouvelles de ma sœur et de son mari. De leurs enfants aussi.

– Il y a autre chose.

Comme il arrivait à sa hauteur, elle recula d'un pas. Bientôt, elle fut acculée au paravent qui séparait la baignoire du lit.

– Donnez-moi cette lettre.

– C'est personnel, mon seigneur.

– Vous allez devenir ma femme, il n'y a rien qui vous soit personnel que je ne puisse lire. Donnez-moi cette lettre.

Comme elle refusait d'obtempérer, les pommettes dures et la mâchoire crispée, il s'avança encore et posa une main sur le paravent à côté de l'épaule d'Alannah.

– Alannah, ne me contraignez pas à vous la prendre de force.

Elle sentit son buste nu s'appuyer sur ses seins, son ventre entrer en contact avec le sien. Affolée, elle lui brandit la lettre sous le nez.

– Je vous remercie, fit-il dans un demi-sourire.

Se redressant, il se retourna vers le feu et, faisant quelques pas, se pencha sur la missive. Au bout de quelques secondes, il se retourna et, le visage dur, impassible, lâcha la question qu'Alannah redoutait.

– Qui est Brigham ?

Alannah opta pour une réponse évasive.

– Mon cousin.

– Pourquoi votre sœur dit-elle qu'il est « enfin » revenu ?

– Parce qu'il était en France depuis plusieurs années. Dans l'armée, précisa-t-elle. Il a servi en Poitou et dans le Maine. Il était capitaine.

L'émotion qu'il détecta dans sa voix déplut à Ian.

– Etait-il votre fiancé ?

La question, directe, l'atteignit de plein fouet. Coincée, Alannah ne savait que répondre. Ses lèvres tremblaient.

– Je vous défends de lui écrire.

– Pourquoi ? lança-t-elle, le nez plissé dans un air de défi.

– Parce que c'est comme ça. Avez-vous bientôt fini de contester tous mes ordres ?

– Je croyais que vous aimiez les femmes de caractère ?

Sans attendre de réponse, furieuse, Alannah lui arracha la lettre des mains et courut vers la porte.

– A propos, ma dame…

Il fit une courte pause. La main sur la poignée, Alannah se retourna.

– Ce soir, vous soupez avec moi.

Elle claqua la porte.

Ian sourit. Décidément, oui, cette femme lui plaisait.

Par contre, il allait devoir la surveiller étroitement.

***

Une heure plus tard, alors qu'elle descendait le dernier escalier la séparant de la grand-salle, Alannah n'avait toujours pas décoléré. Nellie l'avait aidée à revêtir la robe bleu sombre qu'Ian lui avait fait parvenir pour l'occasion. Déchirée entre des émotions contradictoires, Alannah avait failli la jeter par la fenêtre. Puis, pleine d'amertume, elle avait laissé sa servante l'habiller.

La robe lui allait à ravir. Elle semblait avoir été faite sur mesure. Des fils d'argent en soulignaient les coutures tandis que le bleu nuit du velours se parait de reflets noirs. Une large ceinture en argent venait souligner la finesse de sa taille et ses cordons de nacre croisés sur le bas-ventre tombaient ensuite à pic dans les replis de la robe. La jeune femme avait réprimé une grimace en se regardant dans le miroir. Cette robe offrait un décolleté beaucoup plus plongeant que ce qu'elle avait l'habitude de porter. Un bustier intégré comprimait légèrement sa poitrine généreuse, faisant ressortir l'arrondi supérieur de ses seins blancs au-dessus du tissu. Alannah n'avait pas l'habitude de ces atours et respirait avec difficulté.

C'était la première fois qu'elle allait souper en compagnie au château de Kilchurn. En son absence, Ian avait donné l'ordre qu'on lui portât les collations qu'elle souhaiterait à sa chambre. Aussi une légère hésitation la saisit-elle lorsqu'elle pénétra dans la grand-salle ce soir-là, mais elle se contraignit à conserver la même allure. Marchant d'un pas égal, elle s'approcha du centre de la salle. Une table y avait été dressée sur tréteaux, perpendiculaire à l'immense cheminée qui occupait le mur du fond. Un feu de taille raisonnable y crépitait. Deux bancs la bordaient sur les longueurs et, à l'extrémité, sur la largeur, face au feu, deux amples sièges à accoudoirs. Une vingtaine d'hommes l'attendaient, certains en jambières et tunique, d'autres couverts d'un plaid, debout, dans un brouhaha de voix puissantes et de rires gras. A son approche, le silence se fit et elle vit Ian se détacher du groupe et venir à sa rencontre. Il portait une tunique verte cintrée sur les hanches d'un simple lacet ; des jambières de cuir et des bottes en fourrure hautes, lacées des chevilles aux genoux. Ses avant-bras étaient couverts de protections de cuir fermées de boutons en acier. Arrivé à sa hauteur, il s'inclina légèrement et dit simplement :

– Ma dame, la nuit devant vous pâlit d'envie. Vous êtes très belle.

Puis il se plaça à côté d'elle et lui offrit son bras. Décidément, cet homme était imprévisible. Froid. Attentionné. Arrogant. Séducteur. Présomptueux un moment, et l'instant d'après, charmeur. Autoritaire et permissif. Se jouant des conventions mais maîtrisant parfaitement les codes. Il semblait se rire de tout, mais s'était déjà montré intransigeant sur plusieurs points. Un rustre, un barbare, qui cultivait la bibliothèque de ses ancêtres dans sa chambre et qui savait lire plusieurs langues. Qui se jouait d'elle mais, paradoxalement, lui montrait la plus grande considération. Qui lui faisait subir les pires affronts, et lui témoignait, à sa manière, plus de respect qu'aucun homme avant lui. Un mufle se métamorphosant en galant homme quand cela lui chantait. Ou peut-être l'inverse…

Alannah ne savait plus que penser. Elle réalisa qu'il avait adapté son pas au sien. Cet homme la troublait. La proximité de son corps la mettait au comble de l'émoi, la profondeur et la douceur de ses yeux bleus la paralysaient, un zeste de son odeur et elle perdait tous ses moyens. Il avait le don de la mettre hors d'elle, et pourtant sa présence à ses côtés l'apaisait. Il lui semblait qu'elle recherchait en même temps qu'elle fuyait son contact.

Les voix s'étaient tues. Vingt paires d'yeux la fixaient, silencieuses. Ian, lui prenant la main, la fit passer devant le siège de gauche, en bout de table. C'était la première fois qu'il lui prenait la main. Elle goûta le plaisir de sa paume chaude contre ses doigts frais. Ian, avec tendresse, sentit ces petits doigts fins sous les siens. Des doigts de fée. Sa main de porcelaine était minuscule dans la sienne. Imperceptiblement, il la pressa avant de la lâcher. Prenant place à côté d'elle, Ian balaya la petite assemblée d'un vaste mouvement du bras et fit les présentations.

– Ma dame, voici mes plus fidèles chevaliers. Ils dorment au château et sont mes compagnons d'armes depuis plusieurs années. Messires, Mademoiselle Alannah d'Harcourt. Ma future femme.

Debout devant son siège, Alannah gratifia chacun des chevaliers en présence d'un élégant signe de tête et d'un regard appuyé au fur et à mesure qu'Ian les nommait. Ils s'inclinèrent respectueusement en retour les uns après les autres. Il y avait Eachann, bien sûr, et huit autres cousins d'Ian, tous du clan MacAlistair. Quinlan, le second d'Ian, son protégé depuis dix ans et plus fidèle ami. Le demi-frère cadet d'Ian (Alannah coula un regard surpris à son futur mari lorsqu'il le nomma : elle ignorait qu'il eût un frère). Et puis, il y avait Aeden, William, Owen, Malcolm… autant d'orphelins accueillis par feu le seigneur Dunkheld MacAlistair, élevés au château, formés et adoubés à l'adolescence. Autant d'épées fidèlement acquises à la cause MacAlistair.

Sur ce, chacun prit place par ordre d'importance et Ian fit courtoisement signe à sa promise de s'asseoir.

Alannah comprit à leur familiarité qu'Ian mangeait quotidiennement avec la troupe depuis des années et qu'il lui faudrait s'y habituer. En même temps, elle se sentait plus à l'aise à l'idée de devoir manger en compagnie de ces vingt hommes qu'à celle de se retrouver de nouveau en tête à tête avec leur chef. La plupart des échanges se déroulaient en gaélique et Alannah fut frustrée de ne pouvoir en saisir le sens. Elle se coupa peu à peu des conversations et se posta en observatrice. Ian s'en rendit compte et ordonna que l'on s'exprime en scot. Cette langue ayant les mêmes racines que l'anglais, il espérait qu'Alannah saurait en tirer parti. Il ne pouvait leur demander plus : seulement trois d'entre eux parlaient anglais : Quinlan, et les deux géants qui lui servaient d'escorte depuis son arrivée. Deux des plus jeunes cousins d'Ian, comprit-elle. Sur ordre d'Ian, Nellie faisait partie du service et sa présence amicale réconforta Alannah.

Le souper se voulut frugal, un souper ordinaire. On servit pour commencer des tourtes et un pasté de foie ; puis, après une soupe blanche et le bouillon de coq et de jarret de veau, on apporta les rôts, du gigot d'agneau, des oies grillées, autant de poulets que de convives, des plats de venaison et des petits pains de froment. Les larges tranches de pain noir sur lesquelles les convives se servaient s'imbibaient de sauce et dégorgeaient sur la nappe. Leurs agapes étaient arrosées de bière et d'uisge beatha. Ian lui expliqua, non sans fierté, que ces breuvages et les céréales dont ils étaient issus étaient produits sur ses propres terres et il lui proposa de goûter celui qu'elle n'avait, de toute évidence, jamais eu l'occasion de boire à la table de son père.

Alannah approcha timidement le hanap qu'il lui tendait de ses lèvres et les y trempa. Le liquide ambré la brûla. Il sentait le malt et le pain grillé. Elle amorça un mouvement de recul et le regarda. Souriant, il lui fit un signe d'encouragement. Moins enthousiaste que la première fois, Alannah approcha de nouveau la coupe de ses lèvres et prit le temps d'observer et de humer la boisson dont Ian semblait tant raffoler. Des reflets cuivrés scintillaient à la surface du liquide sombre. Il sentait aussi la terre, le pin et peut-être même la cannelle. Alannah risqua une gorgée ; une explosion de saveurs envahit son palais ; « l'eau-de-vie », comme ils l'appelaient, avait un goût de résine et de gingembre, de cire, et même un arrière-goût de bruyère. Cependant, il lui brûlait les papilles et, lorsque la jeune femme l'avala, elle crut s'étrangler. Cette eau-de-vie était incroyablement forte. Ses yeux lui piquaient, une larme se forma au coin de ses cils, elle toussota, renifla. Ian sourit. Lui reprenant la coupe qu'elle lui tendait, il l'avala d'une traite et la tendit par-dessus son épaule ; un jeune garçon accourut le resservir. Alannah, les joues en feu, le regardait d'un œil rond.

Enfin, on apporta le haggis. Les hommes d'Ian se jetèrent dessus comme s'ils n'avaient pas mangé depuis une semaine. Alannah n'en pouvait plus. Son bustier la serrait. L'uisge lui laissait un arrière-goût de gingembre et de brioche qui l'écoeurait. Enfin, l'odeur qui monta du plat qu'on venait de poser sur la table lui souleva le cœur.

– Qu'est-ce que c'est ? demanda-t-elle finalement, réprimant une moue de dégoût.

– Des abats de mouton. De l'avoine, de l'oignon, de la graisse de rognon et des épices. Goûtez, vous verrez, c'est très bon – et requinquant, ajouta-t-il avec un clin d'œil.

Cette fois, Alannah déclina l'offre. Ian n'insista pas. Elle ne toucha pas non plus aux desserts pourtant plus affriolants que l'on porta ensuite. Repoussant poliment les morceaux de galette aux baies sauvages et les confiseries au miel qu'on lui tendait, elle déployait une énergie considérable pour se tenir droite et garder une allure digne et indifférente. Ian, affalé dans son siège, coude posé sur l'accoudoir et menton posé entre deux doigts, l'observait, un léger sourire en coin retroussant la commissure de ses lèvres. Le brouhaha général ne semblait pas le déranger.

Se tournant vers lui, Alannah avisa sa posture nonchalante et lui posa une question qui la taraudait depuis des jours :

– Pourquoi aucun de vos soldats ou de vos chevaliers ne m'adresse-t-il jamais la parole ?

– Parce que vous êtes ma femme.

– Et alors ?

– Et alors, ils n'ont pas à vous parler. Sauf si vous leur posez une question.

– Ceux qui m'escortent à longueur de journée non plus ?

– Non plus.

– Je ne suis pas votre femme.

– Mais vous allez le devenir. Pour eux, c'est tout comme.

Alannah se renfrogna. Satisfait, Ian reprit tranquillement son observation. Ce soir, il mangeait peu. Le profil ourlé de la jeune femme lui donnait bien plus d'appétit que ce que les servantes posaient sur la table. Alannah sentit le poids de son regard sur son corps. Agacée, elle se tourna de nouveau vers lui :

– Qu'est-ce que vous regardez ?

– Vous.

Comme elle haussait les épaules devant l'impertinence de sa réponse, il se redressa sur son autre coude, approcha son buste d'elle et lui glissa à l'oreille :

– Cette robe vous va à ravir.

Son souffle chaud sur la nuque de la jeune femme la troubla. Sa respiration se fit plus forte. Ses seins, compressés par le corset, se gonflèrent sous les goulées d'air qu'elle cherchait à aspirer. Entre l'abondance rustique du repas, son bustier et la présence d'Ian, elle éprouvait un malaise croissant. Ian sentit qu'elle allait se trouver mal.

Repoussant son siège, il se leva et lança d'une voix forte :

– Lady Alannah se sent fatiguée. Je la reconduis à sa chambre. Finissez sans moi.

Sur ce, il offrit sa main à Alannah, paume ouverte. Confuse, celle-ci y déposa la sienne et se leva à son tour. Dans un vacarme de bancs raclant les dalles au sol, les vingt convives se levèrent et s'inclinèrent sobrement. Ian emmena sa dame.

Arrivés devant la porte de sa chambre, Ian se tourna vers Alannah.

– Comment vous sentez-vous ?

– Mieux, merci. L'air frais des couloirs m'a fait du bien. Je vais ouvrir ma fenêtre et respirer un peu.

– Je vais dire à Nellie de monter s'occuper de vous.

Elle allait esquisser un pas sur le côté et poser sa main sur la poignée de la porte lorsqu'il lui prit le menton. Elle plongea dans ses yeux bleus.

– Vous étiez très belle, ce soir, ma dame.

Chapitre V

Le lendemain matin, lorsque Nellie vint la réveiller, elle trouva sa maîtresse radieuse. Alannah s'étira paresseusement tel un chat, un sourire au coin des lèvres. Nellie tira les courtines. Une lumière crue, légèrement dorée, filtrait à travers une étroite fente dans le bois du battant colmatant la fenêtre. Une fois les volets écartés, un flot d'une lumière éblouissante se déversa dans la pièce. Alannah s'approcha de son miroir et se mit à se brosser longuement les cheveux en fredonnant.

Elle avait envie de voir Ian. Nellie, l'observant du coin de l'œil, sortit sa robe vert d'eau et entreprit de lui proposer sa toilette du matin et de l'habiller. En passant la porte, Alannah tomba nez-à-nez avec les deux montagnes qui l'avaient escortée à plusieurs reprises. Les deux géants ayant un nom depuis la veille au soir, et Alannah ayant bien compris qu'il ne tenait qu'à elle d'initier le dialogue, elle leur dit d'une voix pleine d'assurance :

– Bonjour, Calan, bonjour, Decker. C'est gentil, mais je ne vais pas avoir besoin de vous aujourd'hui. Je compte sortir avec le seigneur MacAlistair.

– Le seigneur Ian est parti, ma dame.

– Parti ?

Elle sentit son cœur tomber dans un gouffre.

– Parti où ?

– En mer. Chasser le phoque.

Tous les plans d'Alannah s'écroulaient. Sa journée

s'annonçait bien terne. L'œil morne, elle demanda encore :

– Savez-vous quand il rentrera ?

– Probablement en fin de journée, ma dame. Il ne découchera pas cette fois, il y a banquet ce soir.

– Oui, je sais. Parce qu'il découche souvent ?

– Eh bien, ma foi, oui, ma dame. Quand il part chasser, pêcher, ou régler ses affaires avec d'autres chefs de clan ou des mormaers voisins. Parfois sur demande du roi aussi, bien sûr, mais c'est plus rare. Quand il lance un raid. Quand…

– Merci, Decker.

Alannah sentit ses yeux s'embuer de dépit. Sa gorge la brûlait. Dissimulant sa peine, elle attrapa surcot et pelisson et s'élança dans l'escalier. Les deux géants lui emboîtèrent le pas.

Ce jour-là, Alannah décida d'explorer le nord de la péninsule de Kintyre. Située au sud du Loch Awe, elle faisait partie du territoire qu'elle était autorisée à explorer seule. Enfin, « seule »…

Après avoir quitté les rives interminables du Loch Awe, traversé un torrent tumultueux, au lit parsemé de rocs comme autant de gros boulets noirs, et contourné un escarpement rocheux, flanquée de ses deux anges gardiens, Alannah déboucha, après une heure de galop, sur la vue dégagée que lui offrait le début de la presqu'île. Elle contempla ce paysage de mousse fluorescente et d'eaux noires et tourbeuses, abyssales. La surface du Loch Craignish qui longeait la péninsule à l'ouest et s'ouvrait sur le Canal du Nord était striée de lambeaux d'algues. Un arc-en-ciel tombait dans les flots gris de la mer, et un nuage d'oiseaux marins tournoyait au-dessus de l'écume. L'herbe rase des rives du Loch Awe s'étaient muées en une steppe aride, brunâtre, presque orangée sous les rayons du soleil hivernal, et recouverte par endroits d'un tapis de neige pure.

Au pas, Alannah longea une plage de galets noirs dans

la lumière presque verte encore du matin. Au détour d'un caprice de la côte déchiquetée et de rochers sculptés d'anneaux par des siècles de marées, elle découvrit, émerveillée, une vaste plage de sable blanc. Un rapace siffla. Le croassement d'un corbeau lui répondit. Des fous de bassan disputaient un banc de poissons aux goélands à quelques toises[17] de la rive.

Elle avait décidé de ne pas se laisser abattre par l'absence inattendue d'Ian. Pourtant la jeune Anglaise devait admettre que son départ, sans même l'avertir, l'avait profondément déçue. Cet homme n'avait pas son pareil pour la contrarier. Tout en sa présence et sa conduite l'incitait à le fuir, et pourtant, en son absence, elle ne pensait qu'à lui. Il l'obsédait. Un vent glacé s'engouffra sous son mantel et vint lui mordre les reins. Elle tourna bride.

***

Au souper ce soir-là, Ian recevait la plupart de ses vassaux et les chefs de quelques-uns de ses clans alliés. Alannah avait profité de son après-midi pour se baigner longuement, laver et brosser ses cheveux blonds. Ceit lui avait apporté la robe qu'Ian voulait lui voir porter ce soir-là. Surprise, Alannah se demanda quand il avait bien pu donner de telles instructions et faire couper cette nouvelle robe.

Car cette robe encore était indéniablement faite sur mesure. Peut-être le tailleur avait-il été invité à travailler d'après sa propre garde-robe apportée d'Angleterre en son absence. Ou bien était-il suffisamment talentueux pour tra-

---

[17] Unité de longueur ancienne correspondant à six pieds, soit deux verges, soit presque deux mètres. Il s'agissait de l'envergure des bras d'un homme : elle avait donc comme base la distance entre les bouts des doigts d'un homme aux bras tendus.

vailler à l'œil. Mais il ne semblait pas à Alannah qu'elle eût eu l'occasion de le rencontrer. Toujours était-il que cette robe la moulait parfaitement. Alannah constata avec dépit que, comme la précédente, elle comportait un bustier intégré qui lui comprimait les seins et en remontait l'arrondi supérieur. Elle trouvait ce décolleté tout à fait indécent. Mais pire encore, la coupe de cette robe-là dégageait ses épaules et les manches ne commençaient qu'à mi-hauteur entre le coude et l'extrémité de ses clavicules. Elle était d'un vert sombre, forestier, aux multiples reflets noirs. La large ceinture qui l'accompagnait était constituée de plaques d'or et, soulignant la finesse de sa taille, tombait sur l'arrondi de ses hanches. Une cape jaune doublée d'hermine complétait l'ensemble. Par un savant laçage et le recours à une broche, elle ne devait se porter que sur une épaule. Alannah décida de la porter d'entrée de jeu ; au moins cette cape couvrirait-elle l'une de ses épaules, à défaut de pouvoir dérober la totalité de son décolleté aux regards. Après tout, ce banquet avait pour but de la présenter comme future châtelaine de Kilchurn aux barons, lairds et alliés d'Ian MacAlistair. Pas de l'exhiber comme une pouliche de parade.

Ce fut néanmoins avec une maîtrise toute relative qu'elle entra dans la grand-salle ce soir-là. Cette fois, trois tables avaient été dressées pour trente convives environ chacune, et disposées en U. Dans la cheminée, un feu énorme consumait tout un tronc d'arbre. La salle grouillait de plusieurs dizaines de convives absorbés dans des conversations animées. Pour la première fois depuis son arrivée, Alannah allait côtoyer des dames. Chaque laird, chaque chef de clan, chaque toísech était accompagné de sa compagne – quand il avait pris femme. Elle repéra aussi les chevaliers d'Ian, toujours aussi bruyants, accueillant leurs pairs à coup de grandes accolades. En tout, une centaine de personnes l'attendait.

Surgi de nulle part, Ian s'avança vers elle avant même qu'elle ait pu l'apercevoir. Il avait revêtu un plaid d'un tartan assorti à sa robe. Vert sombre, quadrillé de fils d'or et d'argent. Elle avait remarqué que plusieurs lairds portaient un plaid identique. Il avait très fière allure. Elle était émue de le revoir et, en même temps, vexée qu'il lui ait fait faux bond ce matin-là. Il était rentré tard de surcroît, juste à temps pour se préparer pour le banquet, et n'avait pas pris le temps de lui rendre personnellement visite. Comme la veille, il s'inclina, main sur le cœur.

– Ma dame, votre beauté vous honore. Il semble que toutes les couleurs vous siéent au teint.

Se penchant en avant, il effleura de sa joue drue la pommette de la jeune femme pour lui murmurer à l'oreille.

– Mais celle-ci est sans conteste celle que vous portez le mieux.

Elle sentit que la remarque n'était pas gratuite.

– Vous trouvez ?

– Bien sûr. C'est celle de mon clan, fit-il dans un clin d'œil.

Puis, calant la délicate main blanche sous son bras, il s'avança vers les tables.

– Il paraît que je vous ai manqué ? la relança-t-il, un sourire badin aux lèvres.

– Pas du tout.

– Ce n'est pas ce que Decker m'a dit, fit-il dans un nouveau clin d'œil.

– Je me fiche de ce que dit Decker.

– Ma dame ! Ne vous emportez pas voyons.

Et il partit d'un grand éclat de rire en lui tapotant la main. Puis, se penchant vers elle, il murmura d'une voix sensuelle :

– J'ai beaucoup pensé à vous aussi.

Il paraissait sincère. Alannah ne savait plus que répondre. Son cœur hésitait entre la blessure du matin, la vexation face aux taquineries de l'instant et l'émotion suscitée par une telle déclaration ; heureusement, ils venaient d'arriver à la table centrale et chaque convive, selon un ballet maîtrisé, se dirigea vers sa table et la place qui lui revenait. Le silence se fit. Avant qu'ils ne s'asseyent, Ian fit un rapide discours. Leur présentant sa future épouse, il leur rappela le concours de circonstances qui l'avait conduite parmi eux et leur demanda de lui réserver le meilleur accueil. La plupart de ces hommes étaient ceux qu'Ian était allé voir pendant les quatre jours où il avait disparu. Ils avaient donc déjà eu le loisir de débattre avec lui des enjeux de son engagement et lui de répondre de ses choix, et sa force de persuasion avait fini par tous les rallier à sa cause. Leur loyauté lui était toujours acquise et ils avaient réitéré leurs serments d'allégeance pour les uns, d'alliance pour les autres. Par contre, aucun d'eux n'avait encore pu apprécier de ses propres yeux le sérieux de l'offre du roi Edouard. Tandis qu'Ian palabrait, tous les regards convergeaient vers elle. Alannah y lut de tout. Une hostilité contenue, une lubricité univoque, de l'admiration, du respect, de l'envie, de la méfiance. Son discours achevé, Ian claqua deux fois dans ses mains, et tout le monde s'assit dans un mouvement unanime. Les festivités commencèrent.

Des joueurs de harpe celtique, de flûte et de cornemuse, installés près du feu, assuraient la musique d'ambiance. Des poètes, troubadours et acrobates passaient de table en table. Un conteur captivait la galerie entre chaque plat à coup de légendes fabuleuses et de mythes traditionnels en scot ou en gaélique.

Après les traditionnels fruits frais destinés à ouvrir l'appétit, on fit apporter les saumons en croûte, les pastés de foies de volaille confits, les tourtes de légumes, un tartare de truite anisé et une terrine de gorge de porc. Suivit un large choix de ragoûts, de potages et de pots-au-feu. Puis les poissons de rivière, les rôts et les viandes en sauce : ambroisine de poulet aux fruits secs et au lait d'amande, poulardes grillées au safran, produits de la chasse du seigneur MacAlistair, cerf, chevreuil, gibier d'eau, sauces à la marjolaine, au poivre, sauce cameline, verjus, le tout accompagné de fèves et petits violets à la coriandre et de beignets de champignons à la farine de lentilles. En guise d'entremets, des cèpes marinés au vinaigre, une soupe glacée au potiron, des copeaux de truffe et de fromage de brebis.

L'eau-de-vie brunâtre de la veille coulait à flots. Servantes et échansons passaient inlassablement entre les convives, chargés de lourds pichets de bière et d'hydromel, sous l'œil sévère de l'intendante qui coordonnait cette débauche de breuvages alcoolisés. Les hommes s'enivraient. Le ton montait. Les allusions grivoises fusaient, les sangs s'échauffaient.

Ce qui devait arriver arriva. Ian attendait patiemment ce moment pour recadrer les choses. Il était parfaitement conscient des débordements que les origines de sa future épouse n'allaient pas manquer d'entraîner chez ceux avec qui il n'avait pas encore eu le temps de discuter de son choix. L'abcès fut crevé. L'un des convives, un énorme Highlander à la panse pleine et à la barbe rousse, se leva, son hanap en étain ruisselant d'eau-de-vie à la main, trouva son équilibre et apostropha le maître des lieux en gaélique. Sa voix tonitruante couvrit le brouhaha général qui s'étouffa immédiatement.

– Tout de même, Ian… une Anglaise… quand on pense que cette femelle va devoir porter ta progéniture, poursuivre la lignée de ton père… cela ne te chagrine-t-il pas de savoir que ton sang va se mélanger à celui de ces bâtards de Sasunnachs ? Un peuple couard, un ramassis de pleutres !

– Cette *femelle,* comme tu dis, a plus de sang guerrier que tu n'en auras jamais, Aulay de Finiskaig. Sa mère descendait des premiers envahisseurs angles et saxons, qui ont posé les pierres fondatrices des glorieux royaumes de Bernicie et de Northumbrie, et la famille de son père porte un nom normand. Son aïeul, Björn le Danois, fut le plus proche compagnon d'armes du roi Rollon de Scandinavie, fondateur du duché de Normandie, et sa famille a plus tard soutenu Guillaume le Bâtard[18] dans sa conquête de l'Angleterre. Personne ici ne doute de la bravoure ni de la valeur sur le champ de bataille de chacun de ces peuples de conquérants. A ce que je sache, tes Pictes d'ancêtres n'ont eux jamais quitté leur Calédonie natale ni su conquérir la moindre terre outre-mer, que ce fût au nord, au sud, à l'est ou à l'ouest.

Ian était resté assis. Avant-bras nonchalamment posés sur les accoudoirs, dos appuyé à son dossier, fixant son interlocuteur droit dans les yeux, il avait répondu en scot, donnant par là le ton qu'il entendait voir prendre l'échange. Alannah, médusée, avait saisi l'essentiel des propos du chef de clan. Celui-ci parlait d'une voix ferme et égale, mais son ton était sans appel. Un silence pesant s'était abattu sur l'assemblée. Chacun guettait avec un intérêt presque avide l'issue de l'altercation. Titubant, le ventripotent toísech chercha à se donner une contenance.

– Mais, enfin, Ian… n'aurais-tu pas préféré épouser une fille de chez nous ? Une Scandinave ? Une Française ?

– Je n'ai jamais voulu me marier, Aulay. Et la question de mes préférences ne se posait pas dans cette équation. C'est par égard pour notre roi Robert et l'accord de prin-

---

[18] Premier surnom du duc Guillaume Ier de Normandie avant qu'il ne devienne Guillaume « le Conquérant » et roi d'Angleterre en 1066. Il fut effectivement le fils de Robert le Magnifique, duc de Normandie, et de sa concubine Arlette de Falaise, selon la coutume polygame des Vikings installés en Normandie à partir du Xe s. Les Normands considéraient ces « frillas » (secondes épouses) et leurs enfants comme parfaitement légitimes, à la différence de l'Eglise qui les qualifiait de concubines et de bâtards.

cipe qu'il a donné à cette union proposée par le roi d'Angleterre, que je me prépare à prendre cette femme pour épouse.

Se penchant en avant, il ajouta en guise de conclusion, en prenant soin de peser chacun de ses mots :

– Mais si c'est cela qui te tracasse, Aulay, retiens qu'elle a du sang à la fois scandinave et français. Voilà qui devrait te plaire et te rassurer tout à la fois. C'est avec honneur que je lui ferai porter ma semence.

En entendant cette dernière phrase, Alannah s'empourpra violemment. Tout était dit. Barbe-rousse, fixant Ian, puis Alannah, par-dessus son eau-de-vie, haussa brièvement sa coupe en leur direction, sourcils arqués en signe de reconnaissance, la vida d'une traite et se rassit – ou plutôt, se laissa lourdement choir sur le banc, faisant sursauter ses deux voisines de table. Ian attendit. La musique avait cessé. Seul le bruit des flammes grésillant paresseusement dans l'âtre perturbait le silence de la nuit. Il n'y avait pas d'autres revendications. Ian saisit alors son hanap et, le portant haut au-dessus de sa tête, la regardant droit dans les yeux, porta un toast d'une voix puissante à sa future épousée. Acclamé par toute l'assemblée qui s'était levée avec force tapage, ce dernier toast fut suivi d'un « Sláinte[19] ! » sonore et unanime puis d'un chant guerrier celtique. Lequel sembla redoubler l'appétit, et surtout la soif, de ses interprètes s'égosillant joyeusement.

Cherchant à couvrir de sa voix le vacarme décuplé, la dame assise immédiatement à gauche d'Alannah se pencha vers elle. C'était une rousse plantureuse au visage, à la gorge et aux bras charnus criblés de taches de rousseur.

– Pourquoi donc rougissez-vous ? Vous semblez gênée. Vous devriez être honorée qu'Ian tienne de tels propos à

---

[19] « Santé ! » en gaélique.

votre égard.

– C'est que... Il a cette façon de... Enfin, il a des paroles parfois inconvenantes.

Sa sensuelle voisine la comprit à demi-mot.

– Si vous voulez être heureuse ici, il va vous falloir plaire à votre mari ; et pour plaire à votre mari, il va vous falloir comprendre ceci : la vie des hommes des Highlands se résume à deux choses : leur virilité et leur indépendance. Si vous ne pouvez repaître la première, vous pâtirez pour sûr de la seconde. Cette contrée n'est pas propice aux vierges effarouchées. Croyez-en mon expérience et prenez cela comme un conseil d'amie.

On apporta les desserts. Gâteaux au miel, compostée de rhubarbe à la pimprenelle, gâteaux pomme-cannelle, tailliz au petit épeautre et aux fruits secs, tian de lavande et de farine d'avoine, crème de gingembre frais au miel d'acacia, galettes aux fruits sauvages, terrine à la verveine fraîche, confiseries, crumble aux poires et au safran. Alannah était abasourdie. Comment pouvait-on trouver tant de denrées de luxe dans ces contrées sauvages ? Qui pouvait être assez puissant pour s'approvisionner de la sorte ? D'où venait cette abondance d'épices, de produits rares ? La table de son père était réputée parmi les plus riches d'Angleterre du Nord et pourtant, elle n'avait jamais goûté la plupart des mets proposés. Cette surabondance de cannelle, de gingembre, de safran, qui diable pouvait se les offrir ?

Le conteur revint une dernière fois et, cette fois, chanta les hauts faits de l'Histoire du royaume d'Alba, pour la plus grande joie de son public. Il vanta la vaillance des Calédoniens qui résistèrent jusqu'au bout à l'envahisseur romain au nord du mur. La bravoure des Celtes face aux raids vikings. Il retraça la généalogie des grandes dynasties écossaises. Avec emphase, il relata l'épopée des grands indépendantistes et leur courage face à ces maudits Sasunnachs, ces Saxons, ces Sudistes, ces Anglais ! Sa verve déchaîna l'excitation générale, qu'Alannah croyait pourtant déjà à son comble.

Après une issue légère, composée d'oublies et arrosée d'hypocras, on servit le boute-hors pour faciliter la digestion : un nouveau vin agrémenté d'épices de chambre, de fruits confits, de noisettes, d'amandes, de pistaches, de dés de pâte de coing. Afin de pouvoir honorer tous ses invités, Ian avait ordonné qu'on le servît dans la grand-salle et non dans sa chambre. Les conversations allaient bon train, les gorges gloussaient au rythme d'anecdotes et de récits d'apparence scabreuse, les éclats de voix emplissaient toute la hauteur de la grand-salle. On dansa, on chanta. Ian n'imposa rien à Alannah. Elle semblait subjuguée et perplexe tout à la fois. Menton posé dans la paume de sa main droite, il l'observait avec intérêt. Absorbée par sa propre fascination, elle ne sentait pas son regard détailler sa silhouette, sa gorge, sa taille fine, le bombé de ses seins ; ses yeux caresser la douceur de sa joue, sa pommette, l'arête de sa mâchoire, son oreille, son front. Droite sur son siège, nuque alignée avec le bas du dos, mains sur les genoux, elle parcourait les tables des yeux, laissait son attention se porter sur les coiffes damassées, les yeux gris, les barbes fournies, les gorges déployées et les chevelures flamboyantes. Elle était altière et majestueuse. Il aurait voulu connaître le cheminement de ses pensées. Ce qui l'intéressait tant. Ce qu'elle ressentait. Si elle était heureuse ce soir. Entrer dans son cœur, dans son intimité, voir avec ses yeux, partager ce qu'elle vivait. Il aurait voulu la voir sourire. Elle était jeune, étrangère. Et pourtant, elle l'intéressait bien plus que toutes celles qu'il avait pu fréquenter jusque-là. Bien plus qu'il n'aurait voulu l'admettre.

La stature de ces hommes était imposante. La plupart étaient grands, larges, voire gros. D'énormes masses de Highlanders. Les Lowlanders n'étaient ceci dit pas en reste, et il semblait à Alannah que, si elle avait cru aux contes et légendes si communément admis, elle aurait fort bien pu soutenir l'idée auprès des siens que ce peuple tout entier descendait de ces géants dont on parlait dans les mythes.

Au sud, les Ecossais passaient pour des sauvages. Des brutes qui pillaient, détruisaient, et envahissaient régulièrement leurs voisins à coup de raids et de faides[20], comme ça, pour la forme. Qui ne pensaient qu'à se battre, courir les femmes et s'enivrer. En regardant l'assemblée ce soir-là, il semblait à Alannah que cette conception du peuple écossais n'était pas sans fondement.

Mais Ian était différent. Quoique n'échappant pas totalement à cette description, il lui inspirait tout autre chose. Il la déstabilisait. Il était beau et imprévisible. Ferme, respecté de ses hommes, sûr de lui. Attentionné à son égard. Courtois et rustre à la fois. Impudique et réservé. Impulsif et réfléchi. Elle succombait.

Enfin, le pìobaire[21] entonna seul une mélodie lancinante. Il arracha à son instrument torturé une suite de notes à vous fendre le cœur, qui portèrent peu à peu son auditoire à la mélancolie. Les conversations moururent sur les lèvres. Chacun sembla se plonger dans une sorte de contemplation nostalgique. Des siècles de larmes et de souffrance remontaient au rythme des lamentations du pìob qui s'élevaient dans le silence de la nuit comme la complainte d'un paradis perdu. Les visages étaient graves, les regards vitreux, méditatifs. Les agapes bruyantes de ces créatures dionysiaques s'étaient, en quelques notes, métamorphosées en une douloureuse élégie à la mémoire collective. Alannah, malgré elle, sentit son cœur se serrer. Il était impos-

---

[20] Système de vengeance médiéval proche du principe de la vendetta (entre clans, familles, tribus…)

[21] Joueur de pìob (cornemuse).

sible de rester insensible aux plaintes si sincères de l'instrument et d'ignorer la profonde tristesse qu'elle faisait naître en chacun. Sans partager leur Histoire, Alannah se sentit saisie par l'émotion déchirante surgissant du passé au son de l'instrument. N'osant perturber ce grave moment commémoratif chargé d'émotions, Alannah tourna lentement les yeux vers Ian. Il la regardait, le menton et la joue posés nonchalamment entre l'index et le majeur, poing replié sous le menton. La commissure de ses lèvres se relevait en un très léger sourire, mais son regard bleu s'était teinté de tristesse.

La musique cessa. Lentement, chacun se leva, s'affaira. Quelques mots furent échangés. On vint prendre congé d'Ian. On se claqua mutuellement le dos, sans mot dire. La fête était finie. Déjà, les domestiques s'activaient pour débarrasser les tables et transformer la grand-salle en un luxueux dortoir d'appoint pour les convives couchant sur place. Ian se pencha vers Alannah.

– Cela vous dirait-il de faire quelques pas avec moi ?

Muette, elle hocha la tête.

***

La nuit était étonnamment douce pour la saison. Le ciel, d'un bleu lapis piqué d'étoiles argentées, n'était nimbé ici ou là que de quelques lambeaux de nuages mauves. Une brume laiteuse s'était posée sur le lac et s'infiltrait entre les cimes des sapins noirs qui se détachaient sur les flancs des collines. La lune était pleine, ronde.

Ils marchaient en silence, côte à côte, sur le chemin de ronde. Arrivés à une tourelle de guet, Alannah posa ses mains à plat sur l'enfoncement d'un créneau entre deux merlons. Elle sentit le contact dur et froid de la pierre sous ses paumes. Elle aspira un grand bol d'air. La brise fraîche qui soufflait par intermittence la dégrisait. On n'entendait que le bruit du vent dans les arbres, le croassement d'un corbeau ici, le hululement d'une chouette là.

Ian s'approcha. Elle sentit sa présence dans son dos et se retourna.

La lumière de la nuit s'engouffrait dans ses prunelles limpides et le clair de lune inondait sa gorge pâle de ses lueurs nacrées. Elle était belle comme le jour. Avec une infinie douceur, Ian lui caressa la joue. Elle baissa les yeux.

– Je vous intimide toujours ?

Elle se braqua.

– Vous ne m'avez jamais intimidée.

Il sourit.

– Vous êtes fière. J'aime ça.

Ne trouvant rien à redire, Alannah changea de sujet.

– Comment… comment saviez-vous tout cela à propos de… enfin, je veux dire, au sujet de mes origines ?

– Je vous l'ai déjà dit, Alannah, je sais beaucoup de choses à votre sujet, répondit-il avec un sourire énigmatique.

– Oui, mais comment savez-vous tout cela ?

– J'ai mes sources.

– Dites-moi.

Il marqua une pause.

– Les origines sont très importantes en Alba. J'ai demandé à mon généalogiste de retracer votre lignée.

– En si peu de temps ?

– Nos archives sont très fournies en la matière, et je l'ai fait partir pour l'Angleterre du jour où j'ai appris que nos rois vous destinaient à moi.

– Est-ce à dire que vous vous êtes intéressé à moi avant même ma venue ici ?

– Votre main était censée être un cadeau du roi d'Angleterre. J'avais à cœur de veiller à ce que l'honneur de mon clan et de mon pays soient saufs.

– Et votre conclusion ?

Il décida de la taquiner.

– Vous êtes probablement ce que le royaume d'Angleterre pouvait offrir de meilleur.

– Ce qui, au vu du mépris qu'a votre peuple pour le mien, est proprement ambigu.

– Les Anglais n'ont pas plus d'estime pour les hommes du Nord que mon peuple n'en a pour eux, ma dame.

Alannah fut vexée et déçue de sa réponse.

– Vous êtes un rustre.

Il sourit.

– Mais vous aimez cela.

– Comment osez-vous… ? s'insurgea-t-elle en levant la main.

Il saisit son frêle poignet d'une main ferme, le maintint en l'air et, de l'autre, la saisissant à la taille, la pressa soudainement contre lui. Elle se débattit comme un beau diable, martelant le large poitrail de coups de son poing libre. Comme il ne bronchait pas, suffoquant, elle s'épuisa. Son bustier l'oppressait. Elle avait du mal à respirer, chercha de l'air. Il lâcha son poignet. Vaincue, elle laissa tomber sa main à côté de son poing fermé, contre la poitrine mâle qui la contraignait. Il baissa les yeux vers elle. La lune teintait ses longs cheveux d'une blondeur elfique.

– Alannah, dites-moi que vous avez envie de moi.

Comme elle ne répondait pas, il lui releva le menton et plongea son regard sombre dans le sien. Elle le regarda de ses deux immenses yeux suppliants. Ses lèvres claires s'étaient entrouvertes. Soudain, n'y tenant plus, il lui prit la bouche avec fougue. Ecrasant ses lèvres charnues contre la bouche pulpeuse de la jeune femme, il resserra son étreinte et l'embrassa avec passion. Alannah sentit sa barbe drue s'emparer du bas de son visage, son odeur, sa chaleur, la douceur de cette bouche impétueuse, et tout son corps s'embrasa. Elle goûta ces lèvres avides, s'abandonna à ce baiser. La tête lui tournait. Elle sentait ce corps viril contre le sien, sa puissance, son ardeur, et lâcha prise.

Soudain, elle sentit une langue, dure et tendre à la fois, forcer le passage entre ses lèvres. Affolée, elle se dégagea brusquement de ses bras, hors d'haleine. Horrifiée par sa propre impudence, elle s'enfuit sans dire un mot. Il regarda sa longue chevelure flotter dans le clair de lune.

– Un jour, Alannah, vous serez mienne, murmura-t-il.

***

Les deux jours suivants, elle l'évita.

S'il fut contrarié de ne pas la voir au souper le premier soir, Ian en profita néanmoins pour régler quelques affaires urgentes. Plusieurs serfs avaient demandé qu'Ian leur obtienne réparation, et il passa une bonne partie de ses journées à sillonner la lande, résoudre les conflits et envoyer des soldats dédouaner de sa part les serfs lésés. Il reçut quelques demandes d'audience et rendit justice. Il veilla à se tenir occupé, administrant ses biens, arpentant ses terres, répondant aux requêtes qu'on lui adressait. La pêche aux huîtres et aux Saint-Jacques se portait bien ; ses exploitations des gisements de fer et du bois de coupe florissaient ; le commerce du saumon prospérait, ainsi que les ateliers de tannerie alentour rentabilisant les peaux des produits de sa chasse. Il passait tant de journées à chasser que les fourrures des animaux qu'il rapportait couvraient bien plus que les besoins de ses gens et du bourg de Dalmally réunis. Moyennant la rétribution régulière du travail de plusieurs tanneurs, il se retrouvait avec un petit commerce de cuirs en plein essor avec les clans voisins. Et l'été dernier, les récoltes de ses terres de Lennox, à l'est, avaient été abondantes. L'hiver était clément. Il n'y avait pas eu de raids ennemis depuis plusieurs mois sur son territoire. Enfin, les pigeons et cavaliers qu'il avait dispatchés étaient tous revenus, lui apportant les réponses des principaux intéressés à la réunion qu'il tenait le lendemain au manoir des Ferguson, à une quinzaine de lieues au nord-ouest de Kilchurn. Tous avaient confirmé leur présence. Tous, sauf MacLean. Cela ne l'étonna guère. Ce maudit MacLean haïssait tant les Anglais qu'il ne pouvait pas même tenir une conversation à leur sujet sans dégainer sa claymore et parler de marcher sur le sud.

La partie allait être serrée. Presque tous les chefs de clan qu'il avait convoqués, ses principaux rivaux, mais aussi quelques alliés éloignés, s'étaient déjà exprimés en défaveur de son alliance avec une Anglaise. Il allait falloir être très, très persuasif pour que la situation ne dégénère pas.

Sa situation avec Alannah l'irritait. Cette femme l'obsédait. Elle le désirait, il le savait. Et pourtant, elle continuait de se refuser à lui. Elle s'accrochait à ses principes de jeune fille tout droit sortie de son couvent. Ou de chez son père. Ce baiser volé avait décuplé le désir d'Ian et il en voulait plus. Mais elle était têtue comme une mule et plus changeante qu'une girouette. Exaspéré, Ian haussa les yeux au ciel. Les femmes. Il avait bien assez d'expérience pour savoir qu'elles étaient complètement imprévisibles. C'était une des raisons qui l'avaient motivé à toujours se garder de s'amouracher de l'une d'elles. Une nuit d'amour, parfois deux, et toujours loin de chez lui. Mais, quoiqu'instables de caractère, par définition, il fallait admettre qu'elles étaient tout de même souvent bien moins incohérentes que celle-ci, et surtout beaucoup plus faciles à lire – et à séduire.

Au point de vue de la stratégie, on allait attendre de lui qu'il reporte au maximum la date du mariage et fasse ainsi comprendre à Edouard – et à ses ennemis – son manque d'empressement. Au moins plusieurs semaines après que la jeune femme eut posé les pieds sur le sol écossais. C'était le seul moyen de faire passer ce mariage de façon acceptable auprès de ses véhéments compatriotes et de sauver la face… sans se mettre à dos le roi d'Angleterre. Et puis, sur un plan plus personnel, il fallait avouer qu'il n'était pas non plus pressé de se présenter comme un homme (enfin) marié. Sa fierté allait en pâtir. Il allait perdre toute cohérence au regard de ses innombrables refus passés. Et cette peur de voir sa liberté bridée par les liens du mariage lui déplaisait tout à fait, même s'il était hors de question qu'il laissât le moindre pouvoir de décision sur sa vie à une femme. Même l'expression « liens du mariage » était un mauvais présage. *Liens.* Il lui fallait vraiment repousser, autant qu'il le pourrait, la célébration de cette union. Pour autant, il était hors de question qu'il attende d'être officiellement l'époux de cette femme pour la faire sienne ! En tout état de cause, il n'aurait pas à attendre jusque-là. Il la voulait et il la conquerrait.

Le soir du deuxième jour, sa jeune promise s'arrangeant toujours pour ne pas avoir à le croiser, il se rendit lui-même à sa chambre. Arrivé à sa porte, il entra sans frapper. Elle était en chemise et se brossait les cheveux, aidée de sa fidèle servante. Elle se retourna vivement au bruit de la poignée de la porte qui s'activait. Sans lui laisser le temps de lui adresser la moindre remarque, il se tourna vers la jeune suivante qui baissait la tête et dit d'un ton sans appel :

– Ce sera tout Nellie, merci.

Alannah ouvrit la bouche, mais aucun son n'en sortit. Nellie, les mains humblement jointes devant son surcot, lui lança un regard désolé et s'exécuta, penaude. Elle ferma la porte derrière elle. Ian attendait au centre de la pièce, bras croisés, jambes écartées, dans sa position habituelle. Comme Alannah, qui s'était retournée vers son miroir, feignait de l'ignorer et, tête inclinée, continuait de se brosser lentement les cheveux, il annonça :

– Je viens vous faire mes adieux, ma dame.

Le bras gracieux suspendit son geste au sommet du

crâne blond. Elle sentit son cœur émettre un faux battement, sa gorge se nouer. Une vague de tristesse indécise l'envahit. Elle attendit, tous sens en alerte.

– Je pars trois jours dans le nord.

Enfin, elle posa son peigne en corne sertie de nacre, se leva et se retourna. La déception s'était peinte sur son visage.

– Trois jours ? souffla-t-elle, déconfite.

– Etes-vous déçue que je parte ? Ou que ce ne soit que pour trois jours ? ironisa-t-il.

– Non, je…

Elle s'arrêta dans un haussement d'épaules. Elle ne savait visiblement pas quoi répondre. Il s'approcha doucement d'elle. Elle demeura aussi immobile, impassible. Ses jolis bras blancs dépassaient de ses amples manches retroussées jusqu'aux coudes. Une véritable statue de marbre.

– Alannah, pourquoi me fuyez-vous depuis hier ?

– Je ne vous fuis pas, mon seigneur, mentit-elle sans conviction.

– Pourquoi ne m'appelez-vous jamais par mon prénom ?

Il fit encore un pas. Elle s'agita.

– Qu'allez-vous faire au nord ?

– J'ai une affaire à régler.

– De quel ordre ?

– *Politique*, fit-il avec un clin d'œil.

Il était maintenant tout près d'elle. Une mèche de cheveux blonds, légèrement ondulée, s'était accrochée au cordon de sa chemise de nuit. Il l'invita à rejoindre les autres du dos de l'index. Son doigt effleura la dentelle qui bordait le décolleté, et la longea jusqu'à l'épaule, qu'il dégagea habilement. Son regard suivit attentivement les courbes ainsi parcourues. Alannah frissonna et son souffle se fit plus lourd.

– Mon seigneur, je voulais vous demander…

Il leva un sourcil, subitement intéressé.

– Oui ?

– Comment votre tailleur s'est-il arrangé pour me confectionner ces deux robes si… sur mesure ? Je ne l'ai jamais rencontré.

Il salua son effort malhabile pour interrompre son entreprise.

– C'est moi qui lui ai donné vos mensurations.

Elle parut surprise.

– Mais comment… ?

Il lui adressa un sourire énigmatique.

– Je m'y connais un peu en matière de proportions féminines.

Reportant son regard sur l'épaule de neige qu'il venait de libérer, douce et menue, il ajouta, rêveur :

– Et les vôtres sont parfaites.

Elle s'était imperceptiblement reculée et le bas de son dos avait rencontré le coffre lui servant de coiffeuse. Elle en suivait nerveusement les lignes du bout des doigts de part et d'autre de ses hanches, bras le long du corps. Ian lui enveloppa l'épaule de sa paume chaude. Elle tenait tout entière dans sa main. Il la remonta vers son cou, ses doigts caressèrent l'arrière de sa nuque, rencontrèrent la racine de ses cheveux. Il sentit le désir monter en lui. Le souffle d'Alannah se fit plus rauque. Elle avait fermé les yeux et les plissait, sourcils froncés. Elle semblait lutter. Ses narines palpitantes se dilataient sous sa respiration saccadée. La main d'Ian amorça doucement une redescente. Caressant du bout de l'index l'arête du menton, sa paume descendit à plat le long de sa gorge et en apprécia le toucher soyeux ; ses doigts agiles desserrèrent les cordons de la chemise qui, détendue, laissa entrevoir la courbe supérieure de ses seins pleins.

– Mon seigneur, je vous en prie… fit-elle en reculant le

dos au-dessus du bahut.

Ian plaça sa main libre derrière ses reins et la pressa délicatement contre lui. Sans forcer le tissu, il laissa ses doigts poursuivre leur exploration de ces vallons délicieux. Il vit les deux mamelons se durcir sous la fine étoffe de soie. Son index passa dans le léger creux séparant les deux arcs bombés de la jeune poitrine, et il dégagea la deuxième épaule. Les lacets dénoués, l'étoffe tomba sans efforts en délicats replis sur le bras de la jeune femme. Il se pencha et, du bout des lèvres, déposa un baiser doux comme un papillon sur le moelleux de son sein blanc.

– Mon seigneur, je vous en prie ! répéta-t-elle plus fort.

L'ignorant, il fit remonter ses lèvres le long de sa gorge, de sa clavicule, de son épaule, de son cou. Il chercha le creux entre l'arête de la mâchoire et l'oreille. Elle gémit, la tête légèrement renversée en arrière. Elle sentait les fleurs fraîches, la jeunesse, son grain de peau était d'une infinie douceur. Il sentit alors le désir exploser en lui. Resserrant son étreinte, ses baisers se firent plus ardents. Il s'empara de son cou, de ses tempes, de ses joues. Ses mains commencèrent à caresser furieusement son corps. L'une d'elles emprisonna un sein ferme. Son sexe dur entra en contact avec les cuisses délicates de la jeune femme. Elle poussa un cri.

– Mon seigneur, non !

Le repoussant de ses deux mains, elle se dégagea brutalement et se réfugia derrière les courtines de son lit. Ian la dévisagea, incrédule, haletant. Cette femme le rendait fou. Les yeux fixés sur le renflement qui tendait sa tunique de lin entre le haut de ses deux cuisses massives, elle paraissait paniquée. Bras contractés le long du corps, mains crispées, il semblait prêt à bondir sur elle et elle craignit un instant qu'il ne la prît de force, mais il ne bougea pas.

Ian prit une grande inspiration et recouvra ses esprits. Résigné, il tourna lentement les talons et se dirigea vers la porte. L'ayant entrouverte, il marqua une pause et, main sur la poignée, se tourna vers elle :

– Bientôt, ma dame, c'est vous qui me supplierez de vous faire l'amour.

Il disparut dans la noirceur du couloir.

Chapitre VI

Manoir des Ferguson, Glenfinnan, 24 mars au soir

– Tu n'y songes pas sérieusement, Ian.

– C'est chose faite, Daidh. Je l'ai accueillie, prise sous mon toit. Elle a passé près d'une semaine chez moi. Je ne peux plus la renvoyer chez son père. L'affront serait bien pire que de l'avoir refusée sur papier.

– Tu aurais dû la faire disparaître avant même qu'elle ne pose les pieds sur tes terres.

– Certains d'entre vous s'y sont employés. Ils n'y ont visiblement pas mis les moyens.

Donovan intervint.

– Ça ne te ressemble pas, Ian.

– De quoi ?

– Tu sais très bien de quoi je parle. Tu abhorres l'idée même du mariage. D'où te vient cette soudaine envie de t'unir à une femme, une Anglaise de surcroît ?

– Je tiens à la vie de mes hommes.

– Dis plutôt que tu as baisé cette putain et que ça t'a plu !

Un crochet du droit atteignit l'homme en pleine mâchoire. Dans un fatras de chaises renversées, Eachann et son cousin se précipitèrent pour ceinturer leur chef. Alec s'interposa pour contenir trois hommes prêts à en découdre.

– Il est normal que mon frère ne laisse pas insulter la femme qu'il a accepté de prendre pour future épouse. Chacun d'entre vous en aurait fait autant.

– Pour une Ecossaise, peut-être !

– Reprenons, voulez-vous ?

Furieux, Ian se dégagea et, fusillant son adversaire du regard, se rassit. Chacun en fit autant. Il reprit avec persistance :

– Je refuse de risquer la vie de mes hommes pour une affaire de gloriole. Si je refusais cette femme, après l'affront que lui a déjà infligé Duncan de Moray, Edouard s'estimerait probablement assez floué pour tenter une nouvelle fois d'annexer Alba.

– Ce vautour a beau avoir un pied dans la tombe, il ne songe qu'à agrandir son royaume ! Cela fait trois générations que ces vauriens de Plantagenêt sont prêts à toutes les bassesses pour nous vassaliser.

– Justement. Je ne tiens pas à lui fournir une excuse dont il se saisirait pour envahir le Lothian et le Galloway.

– Il n'a qu'à nous ramener son armée. Nous serons là pour l'accueillir !

– Vous, non, Raonall. Nous, oui.

– Que veux-tu dire ?

– Que vous ne serez pas les premiers à descendre de vos montagnes pour défendre nos frontières ! Ce sont mes hommes, ceux des Callahan et des Campbell, qui tomberont, bien avant que vos terres ne soient inquiétées. Ce sont ceux des Lowlands et des Southern Uplands qui paieront le prix fort de votre haine et de votre esprit belliqueux. Je refuse de sacrifier mes hommes.

– Donc, tu préfères y aller de ton honneur ?

– Mon honneur n'est pas menacé. Cette femme est issue d'une des plus prestigieuses lignées anglo-normandes. Son père est comte du Northumberland. Ses terres jouxtent le Lothian et longent toute la partie sud-est d'Alba. Ses sœurs vivent dans le Cumberland et y ont épousé respectivement un baron, et un comte. Notre alliance sécuriserait donc totalement la frontière d'est en ouest. Et je vous rappelle que l'Histoire a voulu que le Northumberland donnât par le passé deux de ses rois à Alba. Edouard nous offre un des plus beaux partis d'Angleterre.

– Un des plus *beaux*... au sens strict. Nous avons tous eu vent de sa beauté.

– Nous y voilà.

Son regard fixa un à un chacun de ses rivaux. Il prit le temps de peser ses mots.

– Sa beauté était *le cœur* du contrat. Il serait donc absurde de la nier. C'est précisément par elle, en plus de son rang et du prestige de son nom, qu'Edouard compte nous honorer.

– En gros, il t'achète en remplissant ton lit.

– Je ne l'ai pas attendu pour savoir remplir mon lit, Donovan. Ta sœur te le dirait.

Donovan lui décocha un regard noir.

– Tu as de la chance que ma sœur fasse ce qu'elle veut de ses nuits, Ian. Ton insolence aurait pu finir très mal.

– Pour qui, Donovan, pour toi ou pour moi ?

Les deux hommes se dévisagèrent longuement.

– Tout ne se règle pas par la voie des armes, dit enfin Ian. Les plus avisés d'entre vous y réfléchiraient également à plusieurs fois avant de commettre une maladresse diplomatique majeure s'il en allait de la sécurité des Hébrides et des frontières maritimes.

– Il faut dire que certains choix « diplomatiques » sont plus agréables à faire que d'autres…

– Ce mariage est approuvé par notre roi.

– Ce Stewart est un pleutre !

– Prends garde, Kincaid. Tu frises la trahison. Et tu as tort. Robert est au contraire très éclairé, tu devrais apprendre de lui. Il sait qu'Alba ne serait absolument pas en mesure de résister aux nouveaux élans de la convoitise anglaise si on venait à la provoquer. Il préfère travailler à la reconstruction interne du royaume et laisser Edouard guerroyer en France pour une autre couronne.

– Tu n'es pas un vrai Highlander. Un Highlander ne se met à la solde d'aucun roi quel qu'il soit.

– Tu vois, c'est exactement ça, le problème, Raonall. Ce n'est pas une Anglaise, ni Edouard d'Angleterre, ni Robert, qui menacent nos terres et empêchent ce pays de former une puissance incontestable sur l'échiquier politique. Ce sont ces sempiternelles guerres intestines qui scellent notre désunion, nous divisent et nous affaiblissent. Alba ne sera jamais un grand royaume tant que nous nous déchirerons sur des questions dont nous devrions plutôt nous saisir pour nous renforcer.

Les deux hommes se toisèrent quelques secondes. Le silence s'était fait autour de la table. Chacun semblait peser la valeur des arguments qui venaient d'être avancés et en intégrer les données. Estimant avoir suffisamment laissé à chacun le loisir de s'exprimer, Ian vida sa chope d'hydromel et, posant ses deux mains sur la table, se leva de son siège.

– De toute façon, ma décision est prise. Cette assemblée n'avait pas pour but de débattre avec vous de la question de mon union, et de savoir s'il fallait la sceller ou non, mais plutôt de vous informer des tenants et des aboutissants de ce mariage, et de lever tout doute sur les raisons pour lesquelles j'ai choisi de l'accepter. Je n'échange avec vous aujourd'hui sur ce sujet que par égard pour vos rangs et dans l'espoir d'éviter la voie des représailles armées, par laquelle nous avons tous tout à perdre. Je voulais vous donner l'occasion de vous exprimer. C'est chose faite. J'espère que mes propos auront été entendus.

On se sépara en des termes plutôt neutres ce soir-là.

***

La journée du lendemain fut consacrée à des questions commerciales. Ian conclut de nouveaux accords avec plusieurs chefs de clan qui leur permirent de pacifier leurs rapports. Au moins trouvaient-ils des intérêts communs là où la politique les divisait.

Lorsque vint le jour du départ, mû par une sorte d'instinct, Ian décida de décliner l'offre de partie de chasse offerte par Killian Ferguson et de partir à l'aube. Il avait beau avoir une confiance aveugle en Quinlan, à qui il avait confié Kilchurn et Alannah, il était tenaillé par un mauvais pressentiment. Il prit donc plus tôt le chemin du retour vers Kilchurn. Ses hommes et lui n'avaient pas fait cinq lieues qu'il tombait nez-à-nez avec l'un de ses chevaliers, qui galopait à en crever sa bête en sa direction.

– Calan ? Que fais-tu ici ? Tu devrais être auprès d'Alannah, avec Decker ! Il s'est passé quelque chose de grave ?

– Lady Alannah a disparu, Ian.

– Elle a *quoi* ? Que s'est-il passé, Calan. Allons, réponds !

– Elle a disparu dans la nuit. La servante anglaise ne s'en est aperçue que ce matin. Nous…

Ian ne lui laissa pas le temps de finir sa phrase. Eperonnant sa monture, il la lança au triple galop vers le sud. Il lui fit avaler d'une traite les dix lieues de montagnes et de forêts qui le séparaient de Kilchurn.

Il n'aurait jamais dû la laisser derrière lui. Etait-elle partie ? Avait-elle décidé de retourner en Angleterre sans le prévenir ? Non, c'était absurde, elle n'aurait jamais laissé Nellie derrière elle. On l'avait forcément fait partir contre son gré. Mais qui ? Ignorant le vent glacé des premières heures du jour qui lui fouettait le visage, le souffle suffoquant de l'étalon qui fatiguait, et le danger des tourbières, des marais, des glens[22] et des forêts brumeuses, il ne laissait aucun répit à sa bête, l'encourageant de cris réguliers. Ses hommes avaient du mal à suivre. Ian était fou. D'angoisse, de rage, de désespoir. Qu'était-il arrivé ? Et si elle ne revenait jamais ? Son cœur battait à lui en perforer le thorax, ses poumons gelés étaient sur le point d'imploser, et, la gorge nouée, la mâchoire crispée, l'œil fixe, il dévalait les pentes, coupait par les forêts et négligeait de contourner les rivières torrentueuses, charriant d'abondants mélanges de boue et des dernières neiges fondues.

Alors que la sombre silhouette de Kilchurn apparaissait à l'horizon, se dessinant sur le blanc du ciel et baignant dans le noir du lac, il se rendit compte qu'il tenait infiniment à elle. Pire, il en était fou. Et il avait été encore plus fou de ne pas le lui dire.

Lorsqu'il franchit le pont-levis, une pluie battante plongeait la forteresse dans une opaque obscurité. Il sauta de cheval avant même qu'il ne se fût complètement arrêté et monta quatre à quatre les escaliers. Au moment où il se ruait dans la grand-salle, Quinlan, ayant entendu les bruits de sabots dans la cour, se précipitait à sa rencontre. Les deux hommes se percutèrent de plein fouet.

– Ah, Ian !

Quinlan s'écroula à genoux aux pieds de son maître et baissa la tête.

– Ian, je suis désolé. J'ai failli à la mission que tu m'avais confiée. Je t'ai déshonoré. Je ne suis pas digne de ta confiance.

– Bon sang, Quinlan, relève-toi ! Et dis-moi plutôt ce qui s'est passé !

---

[22] Dans les pays de langue celtique, vallée glaciaire longue et profonde au fond de laquelle peut couler une rivière.

– Nous pensons que c'est MacLean.

– Quoi ? Mais comment aurait-il pu… ? Explique-toi, que diable !

– C'était un incendie. Ils s'en sont servis pour faire diversion. Trois chaumières de la haute cour ont pris feu en même temps, en plein milieu de la nuit. Le feu s'est vite propagé aux dépendances extérieures des cuisines, aux granges et aux écuries. Nous avons passé quatre heures à éteindre le feu.

– Et Alannah ?

– On l'a rapidement aperçue dans la cour. Elle était descendue, probablement alertée par le bruit, et m'a dit vouloir aider, mais je lui ai demandé de retourner immédiatement dans sa chambre.

– Tu ne l'as pas fait raccompagner ?

– C'était la panique, Ian. Tous les hommes étaient sur le front, tous les bras nécessaires pour éteindre le feu avant que tout n'y passe.

– Tu es sûr que cet incendie n'était pas un accident ?

– Il s'est déclenché à trois endroits en même temps, Ian.

– Mais comment se seraient-ils introduits à plusieurs dans la forteresse pour l'enlever ? Aviez-vous abaissé le pont-levis ?

– On n'allait pas assez vite avec les puits ; on se bousculait, c'était trop lent, on faisait la queue ; il nous fallait l'eau du lac.

– Et l'incendiaire ?

– Il a dû s'introduire dans la forteresse dans la journée et en sortir en pleine nuit. On a reçu plusieurs messagers, des marchands… Il a dû se faire passer pour l'un d'eux et on ne l'aura pas vu rester.

Ian, boueux, crotté jusqu'aux épaules, commença à faire les cent pas. Ses cheveux trempés gouttaient sur sa cape, ses bottes laissaient de grandes traces brunes sur les dalles de terre cuite, une flaque d'eau tourbeuse s'était formée à l'endroit où il avait interpellé Quinlan. Ses traits étaient déformés par l'inquiétude, ses joues rudes coupées de rouge par les morsures du froid, ses lèvres bleues, son regard, hagard. Quinlan ne l'avait jamais vu aussi agité. Ian avait toujours été l'homme de la situation. Il ne perdait jamais son sang-froid. Le chevalier s'approcha, penaud :

– Dis-moi comment me racheter, Ian.

Celui-ci se figea face à la cheminée. Il fixa le mur un instant, puis se tourna brusquement vers son second et, le fixant droit dans les yeux, le saisit par les épaules :

– Je veux que tu me racontes tout, dans les moindres détails, Quinlan.

L'homme reprit le récit de son histoire en procédant par ordre. Il raconta que Lady Alannah s'était montrée relativement taciturne après son départ, d'humeur plutôt morose, mais que rien dans son comportement ne pouvait pour autant laisser penser à une fuite préméditée. Il parla des promenades à cheval qu'elle avait entreprises, des deux fois où elle avait demandé si on avait des nouvelles d'Ian, des lettres qu'elle avait écrites à ses sœurs et à son père mais qui attendaient sa validation sur son bureau avant d'être expédiées, selon ses instructions. Jusque-là, rien d'anormal.

Et puis, il y avait eu la nuit, la cloche qu'on s'était soudain mis à sonner frénétiquement, le feu, les flammes, le branle-bas de combat. Et au matin, elle avait disparu. On finissait à peine d'éteindre les dernières flammèches, tout le château était empli de fumée ; on l'avait cherchée pendant une heure, y compris dans les environs et sur les bords immédiats du loch, avant d'envoyer Calan le prévenir.

– Pourquoi MacLean ? demanda encore Ian en reportant son regard vers le feu qui crépitait dans l'âtre.

– Des fermiers sont accourus de toutes parts pour nous prêter main forte. Plusieurs d'entre eux affirment avoir croisé un groupe de cavaliers qui s'éloignait du château et galopait à bride abattue vers l'ouest. Ils n'en sont pas sûrs à cause de l'obscurité, mais il leur a semblé discerner des plaids aux couleurs des MacLean.

– Et Alannah ? Etait-elle avec eux ?

– Ils n'ont pas fait attention, Ian. Si elle était avec eux en tout cas, c'était cagoulée, dans un sac ou en travers d'un cheval, car aucun d'eux ne l'a mentionnée.

Ian réfléchissait. Cela ressemblait effectivement à un coup de ce satané Dunghull et, du point de vue du motif, on n'avait pas besoin de chercher très loin. Il avait probablement décidé d'opter pour la méthode dure pour empêcher ce mariage. Or, il était connu pour aimer l'argent autant qu'il haïssait les Anglais. Il allait sûrement s'arranger pour faire d'une pierre deux coups… voire trois si, en bon Ecossais, il avait la mémoire longue. Cela ne pouvait signifier qu'une chose. Ian sentit la peur s'emparer de sa poitrine, puis se muer en une colère noire.

– Finn est vidé. Qu'on me scelle Scotto. Et vite.

– Scotto est mort dans l'incendie, Ian.

– Mort ?

– Oui. Ainsi que trois autres bêtes.

– Lesquelles ?

– Alban, Bruce et la haquenée de Lady Alannah.

Ian fit une rapide grimace. La jeune femme allait être très affectée. Il avait pu constater qu'elle tenait beaucoup à cet animal et, si son instinct tombait juste, elle allait revenir au château tôt ou tard. La question était : dans quel état ? En tout cas, c'était bien la preuve, s'il en fallait une, que la jeune femme n'était pas partie de son plein gré. Elle ne se serait jamais enfuie à dos d'une autre monture que la sienne. Ian réalisa qu'il ne s'était même pas enquis des éventuelles pertes liées au feu.

– Aucun blessé parmi les habitants ?

– Non, les habitants ont tous pu sortir à temps.

– Bon, nous parlerons du matériel plus tard. Sellez-moi

Wallace et retrouvez-moi tous dans la cour dans cinq minutes.

Ian expédia une vingtaine de ses chevaliers fouiller ses propres terres, secondés de soldats.

– Fouillez tout, dit-il. Les hameaux, les bergeries, les fermes, les églises, les monastères, tout ! Il y a peu de chances qu'elle soit encore en Argyll, mais ne laissez rien au hasard. Qu'il n'y ait pas une forêt, une grotte, un broch[23], un croft[24], qui ne soit pas rigoureusement fouillé.

Il laissa une quinzaine de soldats protéger Kilchurn et aider sa population à entreprendre les travaux de réparation, sous les ordres de Quinlan. Plusieurs artisans de Dalmally étaient déjà arrivés avec leur matériel afin de proposer leur soutien logistique. Un soldat eut pour mission d'aller chercher davantage d'aide dans les bourgs environnants, et de conduire tous les charpentiers, tailleurs de pierre et menuisiers disponibles à Kilchurn au plus vite. Quant à Ian, suivi de ses hommes les plus valeureux, il éperonna sa monture, et partit au triple galop en direction de l'île de Mull. Il retournerait de fond en comble toutes les îles des Hébrides s'il le fallait, mais il la retrouverait.

***

– Que me voulez-vous ?

Terrifiée, Alannah s'efforçait de garder son calme. Elle avait froid. La pièce où on l'avait enfermée était sombre et humide. C'était une espèce de cachot profond où ne perçait qu'un mince filet de lumière par une lucarne étroite creusée

---

[23] Construction fortifiée picte, creuse et de forme circulaire, en pierre sèche, datant de la fin de l'âge du fer ; particularité des Highlands et des archipels des Hébrides, des Orcades et des Shetlands où l'on en trouve en grand nombre.

[24] En Ecosse, parcelle de terre arable délimitée par une haie ou une barrière, autrefois dans un système féodal.

à même la pierre, à une douzaine de pieds de hauteur. La pièce était vide, le sol froid et parsemé de flaques glacées. En face d'elle se tenait une énorme brute à la barbe noire et fournie, aux épaules larges et aux mains monstrueusement épaisses. Deux vrais battoirs. Son ventre proéminent tendait la laine d'un plaid de tartan noir rayé de pourpre. Il la dévisageait d'un œil mauvais.

– Mais…. beaucoup de bien, Lady d'Harcourt.

– Permettez-moi d'en douter. Que croyez-vous faire en m'enlevant de la sorte ?

– Allier l'utile à l'agréable.

Comme elle ne comprenait pas, et qu'il avait tout son temps, MacLean décida de prolonger l'instant :

– Voyez-vous, ma chère, votre délicieuse, quoique haïssable personne, va me permettre trois choses, vis-à-vis de trois hommes : m'enrichir grâce à votre père, dire ma façon de penser à votre roi bien-aimé, et rendre service à un vieil « ami ».

– Quel vieil ami ?

– L'homme qui devait vous épouser. Ian MacAlistair.

– Si vous êtes un de ses amis, pourquoi m'avez-vous enlevée ?

– C'est une façon de parler. Ian et moi avons de vieux comptes à régler.

– Je ne comprends pas.

– C'est pourtant très simple. Pour vous récupérer, votre père sera sûrement prêt à verser une copieuse rançon. En tant que comte du Northumberland, il ne devrait pas lui être très difficile de réunir la somme rondelette que sa dernière-née vaut certainement à ses yeux. D'autant plus que vous êtes celle de ses filles qui ressemble le plus à sa défunte épouse, est-ce que je me trompe ?

Alannah ne répondit pas.

– Je continue donc. Votre roi croit pouvoir acheter l'Ecosse à coup de jeunes poulinières. La première d'entre vous a, Dieu merci, été rejetée par Duncan de Moray. Un saint homme, ce MacDougall, et doué d'un sacré bon sens !

Il partit dans un long éclat de rire gras. Se reprenant, il cracha au sol et poursuivit.

– Malheureusement, ce vaurien d'Ian semble avoir perdu la raison et s'apprêter à vous épouser, quoi qu'il lui en coûte. En rendant cette union – dont l'idée n'aurait même jamais dû voir le jour – impossible, je lave l'affront dont il a jadis souillé l'honneur de ma famille, et l'empêche d'honorer son engagement auprès d'Edouard. Il va se retrouver dans une situation savoureusement insoluble quoiqu'au bout du compte, je lui rende du même coup une sacrée faveur…

– Pourquoi dites-vous cela ?

– Parce qu'Ian n'a pas plus envie de vous épouser que moi ou que n'importe quel Highlander. Je suis sûr qu'au fond, il saura apprécier le service que je lui rends en l'insultant.

– Ian va venir me chercher et vous fera payer cher votre audace.

– Je ne pense pas que votre bien-aimé « Ian » soit pressé de vous récupérer, fit-il en imitant son accent anglais. Je pense même qu'il doit déjà se réjouir de s'être débarrassé de vous, même s'il sait pertinemment que son honneur va en pâtir. Il a le mariage en horreur et ne porte pas plus les Anglais dans son cœur que n'importe lequel d'entre nous. J'ai tout le temps d'obtenir votre rançon et de m'assurer que vous n'aurez plus aucune valeur marchande en quittant cette île.

– S'il ne vient pas pour moi, il le fera pour ce que vous avez fait à Kilchurn.

– Certes, mais il va commencer par le reconstruire. C'est une de ses plus anciennes demeures de famille. Il n'y a pas grand-chose qui lui tienne plus à cœur que la forteresse de ses ancêtres. A part ses chevaux, bien sûr. Lorsqu'il sera là, ce sera déjà trop tard.

Alannah sentit une peur sourde monter le long de sa colonne vertébrale. Ce barbare avait l'air bavard. Elle chercha à gagner du temps.

– Pourquoi tenez-vous tant à vous venger de lui ?

Il la regarda avec haine.

– Parce qu'il a dépucelé celle que j'aimais et comptais épouser.

– L'a-t-il prise de force ? s'exclama-t-elle, horrifiée.

– J'aimerais dire que oui, mais la garce était consentante.

Alannah ne savait plus que dire. Les yeux dans le vague, le gros homme s'était plongé dans une sorte de réminiscence nostalgique. Son regard était vitreux, comme s'il était ivre. Il se secoua soudain et sortit de sa torpeur.

– Enfin, tout ça, c'est de l'histoire ancienne. Ian devait avoir votre âge, c'est vous dire.

Un rictus déforma sa bouche hideuse.

– Mais aujourd'hui, je tiens ma revanche.

S'avançant lourdement vers elle, un éclat lubrique au fond des yeux, il ajouta :

– Croyez-moi, ma dame, jamais il n'aura été donné à un homme de moyen plus plaisant de déshonorer l'Angleterre et de se venger d'une vieille querelle à la fois.

Il la saisit par le bras et Alannah hurla. Il la plaqua violemment contre le mur et arracha sa chemise. Sa bouche goulue chercha le cou de la jeune femme, ses mains descendirent le long de son ventre, pressèrent ses cuisses, attrapèrent les pans inférieurs de sa chemise et se mirent à la remonter. Sans réfléchir, Alannah releva brusquement son genou qui heurta l'homme entre les jambes. Il se plia en deux et, étouffant un juron, porta les deux mains à ses parties endolories. Alannah se dégagea et se précipita vers la porte. Au moment où elle l'ouvrait, un soldat, alerté par le cri étouffé de MacLean, se précipitait en sens inverse ; il la saisit aux épaules et la jeta dans la pièce. MacLean s'approcha d'elle et lui administra une gifle retentissante qui la projeta au sol. Alannah, en rampant, se réfugia dans un coin et ramena ses genoux sous le menton. Il lui jeta un regard haineux.

– Tu l'auras voulu, la Sasunnach. Je reviens ce soir. Non seulement je vais te prendre comme une chienne, mais aussi cet homme que tu vois là, fit-il en pointant le soldat du doigt. Et encore son frère. Et tous les hommes de ce château à qui il plaira de te prendre. Et, crois-moi, ça va faire du monde.

Il tourna les talons et, malaxant ses douloureuses parties, ordonna sans s'arrêter au soldat qui se tenait dans l'encadrement de la porte :

– Attache-la.

***

Ian regardait les trois milles de mer houleuse qui le séparaient d'Alannah. Ses hommes et lui avaient traversé à toute allure les terres amies des Dunn et des MacKenzie, et ils se trouvaient à présent sur l'île de Kerrera. Ils avaient dû laisser leurs chevaux au petit port d'Oban et prendre le bac faisant la jonction sur demande entre la côte et l'îlot le plus occidental des terres des MacKenzie. Restait à trouver des passeurs assez audacieux et bien équipés pour traverser le Firth[25] of Lorn. De l'autre côté, Auchnacraig et le manoir de MacLean.

Ian se souvenait d'une bâtisse en granite mal entretenue, plantée sur un petit promontoire avancé dans la mer qui lui procurait une défense naturelle. On n'y accédait que par un

[25] Estuaire.

chemin marécageux qui s'inondait facilement. A certaines périodes de l'année, elle était presque coupée du reste du monde et on n'y accédait plus que par bateau.

– Nous aurions peut-être dû contourner le Loch Linnhe par le nord et aborder l'île via Lochaline… remarqua l'un des chevaliers.

– Nous n'avons pas le temps, Malcolm.

On avait bien aperçu des hommes du clan MacLean revenir de l'est au triple galop au petit matin, mais on n'avait aperçu ni groupe de cavaliers ni jeune Anglaise entre Oban et Kerrera. Ian n'en était guère étonné. MacLean avait dû passer par Connel, Ledaig puis l'île de Lismore, qui lui appartenait et de laquelle il avait tout un système d'embarcations assurant la traversée entre Tallaig et Auchnacraig à l'endroit le plus calme de l'estuaire. Hors de question de passer par là ; on leur refuserait le passage et MacLean serait averti de leur venue. Il allait falloir compter sur l'aide des pêcheurs et des hommes de main de Lochlan MacKenzie.

Ian scruta les rivages de Kerrera déchiquetés par les vagues. Tout sur cette île révélait une nature tourmentée par les caprices du ciel. A ses pieds, les eaux cristallines mariaient toute la palette des bleus et des verts. L'air sentait la bruyère mouillée, les marais et les embruns. Une colonie de phoques paressait sur la grève un peu plus loin et des cormorans tournoyaient au-dessus de la rive enherbée. Des fulmars boréaux volaient au ras des vagues. Vêtue de son manteau de brume, la houle s'intensifiait. Comme un lointain roulement de tambour, le son rauque de la mer s'écrasant sur les falaises indiquait que la marée montait toujours. Il allait falloir attendre la nuit. Au comble de la frustration, Ian poussa un cri de rage.

– Ian !

Decker, en sueur, se pressait vers le groupe.

– Ian !

– Quoi ? répondit celui-ci avec humeur en se tournant vers lui.

La brusquerie de sa réponse surprit le guerrier.

– Les bateaux !

– Eh bien ?

– Ils ont été sabordés !

– *Quoi* ?

– Tous les bateaux de Kerrera ont été soit brûlés, soit sabordés pendant la nuit. Enfin, tous ceux capables de traverser l'estuaire. Il ne reste que le bac et quelques coques de noix. Les pêcheurs ignorent qui a fait ça.

– Mais nous, non. Demi-tour ! On retourne à Oban !

– Inutile ! A Oban aussi. Nous avons cru qu'ils étaient en mer tout à l'heure, mais en réalité tous les voiliers ont été coulés ou incendiés dans la nuit.

– Alors, nous ramerons !

– Il ne reste que des yoles et des esquifs[26] tout juste bons à caboter. Au premier rouleau, ils se renverseront !

Ian poussa un juron.

– Ian ? se permit de les interrompre Malcolm dans son dos.

– Quoi encore !

– Lochlan voudrait te parler.

Ian se retourna brusquement et tomba nez-à-nez avec le cenn[27] des MacKenzie. Les deux hommes se donnèrent une chaleureuse accolade, mais le moment n'était pas aux effusions. Ian planta son regard sombre dans les yeux, non moins féroces, de son puissant allié.

– Je dois traverser le firth, Lochlan.

– C'est ce que j'ai cru comprendre. Ça devrait être possible d'ici une ou deux semaines, le temps de reconstruire

---

[26] Frêles et petites embarcations, généralement propulsées à la voile.

[27] Chef de clan.

des bateaux à peu près dignes de ce nom. Ou alors, tu peux contourner le Loch Etive, le Loch Linnhe et d'ici deux à trois jours, tu…

– Avant le coucher de soleil.

– Impossible, Ian !

– Il le faut. Je ne laisserai pas Dunghull me prendre ce que j'aime une deuxième fois.

Ses hommes se regardèrent. Scrutant les reliefs molletonnés de Kerrera, Ian laissa échapper un nouveau juron.

– Cette île est aussi rase que le pubis d'une femme ! Retournons à Oban.

Lochlan MacKenzie haussa un sourcil intrigué.

– Si c'est des arbres qu'il te faut, il y a une pinède près du village d'Ardmore, dans la baie de Slatrach, derrière cette colline que tu vois là-bas. Et des bouleaux. Les trois charpentiers de l'île y ont élu domicile.

– Parfait ! Nous allons construire de grands radeaux et les attacher aux barques qui sont restées intactes.

– Nous viendrons avec vous, renchérit le chef MacKenzie. Ce satané MacLean a eu tort de s'en prendre à nos navires. J'ai assez soupé de ses provocations.

– Mais, Ian, tu perds la tête ! Nous n'aurons aucune chance de…

– Suffit, Eachann ! Ce n'est pas parce que tu es mon cousin et conseiller que je te permets de contester mes décisions une fois qu'elles sont prises. Nous avons quatre heures devant nous. A vêpres, nous prenons la mer, à la nage s'il le faut ! Decker !

– Oui, Ian ?

– Prends Calan, Owen et Malcolm avec toi et rassemblez toutes les barques que vous trouverez dans la baie de Slatrach pour le coucher du soleil.

– Bien, Ian.

– Six de mes hommes vous accompagneront, ajouta Lochlan MacKenzie en faisant un geste à plusieurs de ses guerriers.

– Malcolm, Aeden, William, faites le tour des villages de cette partie-ci de l'île et réunissez le plus de longueurs de cordage possible. Eachann et les autres, avec nous !

Aussitôt dit, aussitôt fait. Au moment où le disque rouge du soleil se noyait dans les flots noirs de l'horizon, Ian, Lochlan et quarante de leurs hommes poussaient à l'eau un ensemble hétéroclite de cinq radeaux de fortune solidement amarrés à trois chaloupes chacun. La mer était agitée, mais praticable – à condition de faire vite. Les embarcations supportèrent les premières houles et Ian, les yeux fixés sur la côte de l'île de Mull qui se dessinait à l'horizon, serra les dents, décidé à en découdre une bonne fois pour toutes avec ce maudit Dunghull.

– Nous devons absolument aborder l'île par les marécages du sud. Tous les ports de MacLean sont au nord d'Auchnacraig.

– Sans chevaux, la progression sera laborieuse…

– … mais c'est le seul moyen d'accoster sans se faire repérer.

Lochlan hocha la tête. Il avait mobilisé toute la population du nord de Kerrera, et il n'était pas un batelier, un pêcheur, une tisserande, un menuisier qui n'eût mis la main à la pâte. Une pile de rondins déjà débités avait facilité le travail et on n'avait eu à abattre qu'une dizaine d'arbres supplémentaires. Ian avait promis aux charpentiers de les dédommager, et on s'était activé sans relâche, poussant, tirant, nouant, ficelant les troncs entre eux, jusqu'à l'arrivée des barques d'appoint. Sans le clan MacKenzie, Ian aurait perdu un temps précieux. Peut-être même n'aurait-il pas pu prendre la mer avant la nuit.

La marée avait commencé à redescendre mais les courants de l'estuaire, capricieux, donnaient du fil à retordre aux hommes arc-boutés sur leurs rames, et de dangereux nuages noirs s'amoncelaient à l'horizon.

– Du nerf, chevaliers, du nerf ! hurla Ian en s'acharnant sur son aviron. Nous devons absolument atteindre Mull avant que cette tempête ne nous tombe dessus ! Souquez ferme !

Déjà, des vagues frangées d'écume gonflaient leur dos menaçant et s'écrasaient sans ménagement sur les constructions précaires. Trois des chaloupes qui flanquaient les radeaux commençaient à présenter des avaries. Le vent mugissait et força Malcolm à crier :

– Ian, nous devrions peut-être…

– Un homme à la mer !

Ian jeta sa rame à l'intérieur de l'embarcation et se précipita à l'arrière du radeau. Déjà une main disparaissait sous l'opacité lugubre des flots tumultueux. Attrapant un bout de cordage, il s'en ceignit la taille en hâte et en jeta l'extrémité à Lochlan.

– Tu ne peux plus rien pour lui, Ian !

– Jamais je n'abandonnerai l'un de mes hommes !

– Si nous nous arrêtons, la prochaine déferlante sera la bonne !

– Gardez le cap et continuez de ramer !

Et il plongea. L'onde noire l'engloutit.

***

– Tous les hommes sont là, comme vous l'avez ordonné, mon seigneur. À l'exception des sentinelles du mur nord.

D'une main, Dunghull MacLean, furieux, avachi dans son fauteuil, massait distraitement ses attributs virils encore meurtris. De l'autre, il pelotait les seins naissants d'une gamine apeurée qu'il pressait contre lui. Comme, taciturne, il paraissait absorbé dans ses pensées, le jeune soldat prit son courage à deux mains.

– Ne pensez-vous pas qu'il vaudrait mieux laisser quelques sentinelles également sur le mur sud, mon seigneur ?

Son chef lui coula un regard d'une froideur telle que le planton se sentit geler sur place.

– Tu questionnes mon discernement ?

– Oh non, mon seigneur, loin de moi cette idée, mais...

– Mais tu aimes jouer avec le feu.

– Non, mon seigneur !

Le blanc-bec s'était agenouillé, la tête courbée en signe de soumission. Amadoué, MacLean se sentit soudain d'humeur magnanime.

– Je connais bien Ian. Jamais une femme n'aura la priorité sur son château. Encore moins une Saxonne. Il ne se mettra pas en route avant plusieurs jours, et il lui en faudra trois autres depuis Oban pour trouver des bateaux susceptibles de l'amener jusqu'ici. Nous avons neutralisé toutes les embarcations des MacKenzie et j'ai payé les Shaw de Ledaig pour qu'ils lui refusent les leurs. S'il attaque, ça ne pourra être que par le nord – et d'ici une bonne semaine. D'autres questions ?

– Non, mon seigneur.

– Tant mieux pour toi. Bon sang ! J'ai l'impression que cette garce m'a plus qu'amoché le matériel.

Il se fourra la main dans les braies et entreprit de masser plus vigoureusement son membre engourdi, qui entra peu à peu en érection. Un rictus satisfait étira ses lèvres cruelles.

– Ce n'est pas aujourd'hui qu'une femelle empêchera Dunghull MacLean de repeupler le sud des Hébrides de ses bâtards ! Mais cette putain va me le payer cher. Bon, assez parlé, fit-il en congédiant l'adolescente d'une tape sur la fesse. Gavin !

– Oui, mon seigneur ?

– Tu as relevé le pont-levis ?

– Pas encore, mon seigneur.

– Eh bien! Qu'attends-tu ?

– Vos fils, mon seigneur.

Le géant grommela un vague « Jamais là quand il faut ! » entre ses dents, puis balaya la question d'un revers de la main.

– Eh bien tant pis pour eux ! Ils ne savent pas ce qu'ils perdent. Allez, avec moi ! Tous ! ajouta-t-il en haussant sa voix grasse. Ce soir, c'est moi qui régale.

La nuit était tombée. Son cachot était entièrement plongé dans la pénombre. Seul un rayon de lune venait encore effleurer, sur un côté, le relief du mur de pierres. Alannah, les lèvres bleuies par le froid, tremblait de la tête aux pieds. Ses cheveux trempés par la pluie torrentielle qui s'était abattue sur eux après son enlèvement à Kilchurn n'avaient pas même commencé à sécher, et elle tentait désespérément de réchauffer ses doigts gelés sous ses aisselles. Ses genoux s'entrechoquaient. Son teint, souligné par le clair de lune, était livide. Son corps meurtri par les conditions de sa longue chevauchée lui faisait mal. Son esprit s'engourdissait. Son geôlier avait-il dit vrai ? Ian serait-il soulagé de sa disparition ? Ne ressentait-il donc rien pour elle, pas même un peu d'affection ? Comment avait-elle pu se fourvoyer à ce point ? Et lui… si bien se jouer d'elle ? Et puis surtout… qui étaient toutes ces femmes qu'il avait connues ? Les avait-il aimées ? Et la fiancée de cet homme dont elle ne connaissait même pas le nom ?

Soudain, un grand remue-ménage tonna derrière la porte de sa geôle. Des cris d'hommes, des coups sourds, des bruits de métal. Alannah se recroquevilla dans son coin. Un mélange confus de terreur, de dégoût et de violence lui monta aux lèvres. Son ventre se noua au point qu'elle eut envie de vomir. Son cœur battait si fort qu'il lui semblait qu'il pouvait à tout instant jaillir de sa poitrine, ou exploser au sein même de sa cage thoracique.

Ça y est, il revenait. *Ils* venaient. Ils allaient la battre, la souiller. La… Au moment où la porte s'ouvrait avec fracas, elle sursauta si violemment que sa tête heurta une irrégularité du mur derrière elle, une pierre saillante. Une douleur intense irradia l'arrière de son crâne. Une brume cotonneuse, brunâtre, voila son regard. Des scintillements bleutés. L'obscurité.

Puis plus rien. Elle n'entendit pas la voix douce d'Ian appeler son nom.

Chapitre VII

Les travaux de reconstruction avançaient bien. Dans deux jours, Kilchurn serait comme neuf. On avait intégralement reconstruit les chaumières et on en avait profité pour leur donner une structure à colombages. Les écuries et les granges en torchis étaient presque terminées. Il ne restait qu'à reconstituer les stocks de bûches, nettoyer les dernières traces noires de fumée sur les remparts, réaménager les dépendances des cuisines et payer les ouvriers. Chacun avait mis la main à la pâte et le résultat était tout à fait satisfaisant. Même Calan s'était remis de sa baignade malheureuse et prenait part aux travaux avec une ardeur redoublée par sa reconnaissance pour son seigneur.

Poings sur les hanches au milieu de la cour, Ian, fourbu, regarda ses gens s'activer, soulagé. Les rayons du crépuscule baignaient Kilchurn d'une lumière orangée.

Alannah allait mieux depuis deux jours. Après cinq journées entières de fièvre et de délires, elle avait commencé à reprendre des couleurs et à dormir d'un sommeil paisible. Elle n'avait toujours pas repris connaissance, mais sa respiration s'était calmée, sa température avait baissé et on avait l'impression qu'elle ne faisait plus de cauchemars. Entre deux phases de sommeil profond, on avait réussi à lui faire avaler quelques cuillerées de bouillon, mais elle n'avait reconnu personne autour d'elle. L'étau qui serrait le cœur d'Ian depuis qu'il l'avait retrouvée inconsciente chez MacLean commençait à se relâcher. La vieille intendante l'avait examinée et, apparemment, il n'avait pas eu le temps de la toucher. Du moins, sexuellement. Une large plaque rouge, presque violette, lui avait barré la joue pendant quatre jours et il avait fallu soigner une méchante blessure sur l'arrière de son crâne. Son cou semblait avoir été griffé, et d'énormes bleus marquaient son ventre, ses cuisses et ses avant-bras. Leur couleur commençait seulement à virer au jaune et à s'estomper. Certains de ses muscles étaient restés dans un état quasi catatonique tout au long du chemin du retour contre le corps d'Ian. Mais au moins, elle était en vie, intacte, et sa jeunesse la conduisait déjà sur la voie de la rémission. On était en droit d'espérer que, dans quelques jours…

– Mon seigneur, mon seigneur !

– Eh bien, Ceit, que se passe-t-il ?

– C'est Lady Alannah, mon seigneur. Elle vient de se réveiller ! Elle va bien. Elle est tout à fait lucide !

Le cœur d'Ian bondit de joie. Pourtant chrétien peu fervent, il ferma les yeux, formula une rapide prière de remerciement, puis, serrant avec gratitude les mains de la jeune brune, la dépassa et avala quatre à quatre les escaliers conduisant au donjon.

– Mon seigneur, il ne faut pas la fatiguer !

Ses paroles se heurtèrent à la lourde porte de la grand-salle qui s'était refermée derrière lui. Arrivé devant la chambre d'Alannah, Ian prit le temps de reprendre sa respiration et de se recomposer une allure sereine. Il bouillait d'impatience. Enfin, il frappa sobrement à la porte pour signaler sa présence et entra sans attendre qu'on l'y invite. Ses yeux rencontrèrent immédiatement ceux de la jeune Anglaise et il crut discerner un léger sourire étirer ses lèvres pâles. Il s'approcha lentement du lit et Nellie s'écarta pour lui céder sa place au chevet de sa jeune protégée. Elle en profita pour laisser temporairement la malade aux bons soins de son maître et courir chercher davantage d'onguents et de cataplasmes aux cuisines. Ian avait du mal à masquer son enthousiasme et préféra demeurer debout afin de rester maître de la situation. Il parvint à articuler d'une voix la plus égale possible :

– Ma dame, je suis heureux de vous savoir de nouveau parmi nous. Comment vous sentez-vous ?

– Mieux, je vous remercie, murmura-t-elle d'une voix faible.

Puis, après avoir marqué une pause et repris son souffle, elle expliqua :

– Nellie commençait tout juste à me raconter l'incendie…

– Et ?

– Je ne me souviens de rien.

– Cela vous reviendra probablement avec le repos.

Elle sembla réfléchir quelques instants.

– J'aimerais tout de même savoir… vous comprenez, c'est important pour moi…

– Oui ?

– Qui dois-je remercier de m'avoir retrouvée ? Quinlan ?

– Moi.

– Et… qui m'a ramenée ici ?

– Moi.

– Alors…vous avez toute ma gratitude, mon seigneur.

Ses yeux épuisés sous leurs lourdes paupières s'abaissèrent péniblement sur les manches de sa chemise de soie. A leur vue, il vit une brève lueur d'inquiétude succéder au soulagement dans son regard. Sans relever les yeux, elle demanda d'une voix qu'elle voulut neutre :

– Qui m'a déshabillée ?

Il ne put empêcher un très bref sourire de remonter la commissure de ses lèvres. Il attendit quelques secondes, la dévisageant, tendre et incrédule à la fois. Décidément, cette femme l'étonnerait toujours. Il remarqua qu'elle avait suspendu sa respiration. Lorsque ses longs cils anxieux se relevèrent finalement vers lui, grand seigneur, il daigna répondre avec clémence :

– Vos femmes de chambre.

Il vit la jeune poitrine s'abaisser et un discret soupir s'exhaler de ses narines délicates. Elle referma les yeux et s'enfonça imperceptiblement dans le molletonné de son traversin, visiblement détendue. Il ajouta alors pour le plaisir :

– Je n'ai fait que regarder.

Et se délecta de voir son joli corps se raidir et le délicieux ovale de sa mâchoire se crisper. Elle ne rouvrit pas les yeux. Il secoua la tête. Comment pouvait-elle se soucier de détails aussi insignifiants après ce qu'elle venait d'endurer ? Voilà qui le laissait de nouveau bien perplexe. Il ne comprendrait jamais les femmes. En tout cas, pas celle-ci. Il décida de la taquiner encore un peu.

– Savez-vous que vous m'avez appelé par mon prénom à de nombreuses reprises pendant vos accès de fièvre ? fit-il avec un large sourire.

– Je ne m'en souviens pas, articula-t-elle pour toute excuse.

– J'ai trouvé cela charmant.

– Mon seigneur, je vous en prie, ne nous la fatiguez pas ! le gronda la vieille intendante en entrant dans la chambre, compresses sous le bras et Nellie sur les talons. Vous êtes incorrigible !

Se tournant vers son ancienne nourrice, Ian eut un sourire amusé.

– N'ai-je pas le droit de m'entretenir avec ma future épouse à son premier réveil depuis près d'une semaine ?

– Non.

Se retournant vers Alannah, il reprit d'un air taquin.

– Vous voyez, Alannah, on a beau posséder terres et titres, sitôt une femme sous votre toit, on n'est plus maître en sa propre demeure.

– Mon seigneur ! s'offusqua encore la vieille femme rondelette.

– Très bien, très bien, ma bonne Màiri. Je vous laisse entre femmes.

Il contourna le lit, et, prenant délicatement la main d'albâtre de la jeune femme, la porta à ses lèvres.

– Je vous laisse entre de bonnes mains, ma dame. Reposez-vous bien.

Il sortit de la pièce, dissimulant tant bien que mal son bonheur.

– Je crois que vous plaisez beaucoup à notre seigneur Ian, ma dame, observa la vieille femme.

***

Le lendemain matin, Ian rendit de nouveau visite à la jeune convalescente. Cette fois, il n'était pas seul. Une jeune femme rousse à la peau criblée de taches de rousseur était avec lui. Elle était toute petite à côté de lui, mais très jolie au demeurant. Alannah posa sur elle un regard intrigué :

– Je vous présente Joan, annonça Ian. Joan est ma cousine. Je l'ai fait venir d'Inveraray, des rives du Loch Fyne. Elle parle anglais et il m'a semblé que, cette première semaine parmi nous, la compagnie d'une dame vous avait manqué. Joan sera, si vous le voulez bien, à vos côtés durant votre rétablissement et, si vous vous entendez bien, elle serait prête à rester… indéfiniment.

– Je suis enchantée, Lady Joan, répondit Alannah en se redressant dans ses coussins.

– Tout le plaisir est pour moi, Lady Alannah, s'inclina Joan. Mon cousin m'a beaucoup parlé de vous, ajouta-t-elle sur un air de confidence, en décochant un regard espiègle en direction d'Ian.

– Bon, eh bien je vais vous laisser. Je vois que vous avez déjà beaucoup à vous dire. Je compte sur vous, lança-il à la cantonade aux trois femmes qui se tenaient maintenant au chevet de la future châtelaine. Ma dame, finit-il en s'inclinant.

– Enfin seules ! s'excita Joan. La compagnie des hommes m'ennuie. Ils sont tellement taciturnes !

– Lady Joan, contenez votre enthousiasme. Lady Alannah doit encore se reposer !

– Oh, excusez-moi, Màiri !

– Cela ira, Màiri, intervint Alannah. Je me sens beaucoup mieux aujourd'hui. D'ailleurs, si vous le voulez bien…

– Oui, ma dame ?

– Je voudrais prendre un bain.

– Mais bien sûr, Lady Alannah ! Nellie, attrapez Ceit, allez chercher de l'eau et installez le cuvier.

– Puis-je me rendre utile ?

– Ma foi oui, Lady Joan. Veuillez tenir compagnie à Lady Alannah pendant que je m'occupe du petit-lait et de la saponaire.

– J'aimerais également de la menthe et de la sauge pour une fumigation. De l'huile de rose et de l'eau de violette. Et de la pâte dentifrice.

– Je crois qu'il y en a encore près de votre miroir, ma dame.

– J'en voudrais plus.

– Bien, ma dame.

– Et, si possible, un savon blanc et un petit carré de toile. Et de l'huile d'amande douce.

– Bien, ma dame.

Màiri avait compris le message. La jeune personne éprouvait le besoin de faire peau neuve après les événements éprouvants de la semaine précédente. Et puis, en effet, on n'avait pu procéder qu'à une toilette sommaire durant toute la période où elle avait gardé le lit. Elle devait se sentir sale.

Une heure plus tard, Alannah se délectait d'un bain brûlant. La vapeur qui s'en échappait formait un petit nuage de brume à la surface de l'eau crémeuse. Le contact du petit-lait parfumé aux plantes saponifères contribua immédiatement à un début d'apaisement. Son corps était perclus de courbatures et, dans la nuit, des flashs de ce qui était arrivé sur l'île de Mull lui étaient revenus. Le géant à barbe noire. Son haleine fétide. Ses mains velues sur son corps. Alannah eut un haut-le-corps. Elle se sentait souillée. Attrapant le carré de lin qu'on lui avait apporté, elle le frotta énergiquement contre le petit pain de savon blanc qu'on lui tendait, se leva dans la baignoire et entreprit de se frictionner le corps avec vigueur. Chaque parcelle de peau y passait. Elle repassait avec acharnement le morceau de toile sur ses cuisses, son ventre, ses bras, ses seins. Sa peau rougissait.

– Doucement, ma dame, vous allez vous peler comme un oignon ! l'avertit la gentille Màiri.

Alannah se rassit. On ajouta un peu de saponaire à l'eau blanchâtre. Des pétales de rose. Puis elle demanda à procéder à sa fumigation sans quitter le bain. On posa alors une planche en travers de la baignoire en guise de petite table d'appoint. Une vasque y fut placée, de l'eau bouillante versée, des feuilles de sauge et de menthe dispersées. Alannah pencha son visage au-dessus de l'infusion et on lui couvrit la tête d'un drap blanc. Elle sentit les pores de sa peau se dilater, la vapeur d'eau se condenser sur ses joues, ses lèvres, son front. L'odeur de la menthe lui agressait le nez et elle sentit ses narines se contracter. Elle se contraignit néanmoins à respirer à pleins poumons les odeurs bienfaisantes des plantes assainissantes. Un besoin impérieux de se purifier l'animait. Elle savoura l'instant.

Lorsqu'elle eut terminé, on entreprit de lui laver les cheveux au moyen d'une pâte à base d'ortie et de camomille. Enfin, on lui rinça le corps à sa demande avec de l'eau de violette ; l'eau fraîche et revitalisante la dynamisa. Elle commençait à se sentir mieux. Après l'avoir séchée, Ceit, Màiri, Joan et Nellie, ayant pleinement endossé leur rôle d'étuveuses, l'entourèrent de leurs soins. On lui appliqua un onguent à base d'huile d'amande douce sur les mains, et de l'huile de rose sur le visage. On lui présenta la pâte dentifrice à la poudre de corail et aux herbes odoriférantes. On eut beau lui dire que cela faisait double emploi, elle tint absolument à se frotter ensuite les dents avec les feuilles de sauge qui n'avaient pas été utilisées pour la fumigation, et à se rincer la bouche avec un bain à la menthe. On accepta finalement même de l'épiler et de lui faire les ongles, Màiri ayant renoncé à lui rappeler qu'on avait déjà procédé à tous ces soins la veille de son enlèvement, lorsqu'elle les avait réclamés – en prévision probablement du retour du maître des lieux, avait alors pensé la vieille intendante, à qui rien n'échappait. Et qu'elle était déjà parfaitement soignée à son arrivée à Kilchurn. Après l'avoir habillée, on l'installa enfin près du feu pour lui démêler les cheveux et laisser la douce chaleur du foyer les lui sécher.

Alannah se sentait à présent fraîche et dispose. Ses dents resplendissaient de blancheur et de santé, sa bouche était fraîche, sa peau apaisée, son cuir chevelu sain et aéré, son corps purifié. Son teint reprenait sa teinte blanche, à peine rosie aux pommettes, naturelle. Seuls ses bleus et sa marque au visage transparaissaient encore légèrement à travers sa peau fine.

Elle s'installa sur les coussièges[28] avec Joan, et, sous les ordres de Màiri, les deux servantes entreprirent de vider l'eau du bain, de ranger les linges et de changer ses draps.

---

[28] Banquette en pierre aménagée dans l'embrasure d'une fenêtre et directement intégrée à la maçonnerie, recouverte de coussins, et fréquente dans les constructions médiévales.

On purifia les murs lambrissés, les tapisseries, les nattes de jonc du sol. On ouvrit la fenêtre et une douce lumière dorée coula dans la pièce. L'air était frais. Alannah eut envie de sortir. Joan sauta sur ses pieds avec enthousiasme.

– Vous devriez vous ménager, ma dame, la réprimanda Màiri alors que Joan aidait avec empressement Alannah à mettre un pelisson fourré.

– Un grand bol d'air me fera le plus grand bien, Màiri. Je vous remercie pour vos bons soins ces derniers jours, ajouta-t-elle en lui prenant les mains avec chaleur et en plongeant son regard clair dans les vieux yeux bruns fidèles de l'ancienne nourrice.

– Bon, bon… marmonna la vieille femme, amadouée. Mais ne tardez pas trop et ne quittez pas le château ! Mon seigneur Ian serait furieux.

– C'est promis, assurèrent les jeunes femmes de concert.

***

Alannah sentit les rayons du soleil baigner sa gorge de chaleur et lui offrit son visage. Elle se sentait merveilleusement bien, mais elle n'aurait su dire si elle devait cette sensation de bien-être intérieur à la toilette à laquelle elle venait de procéder, à la joie de vivre de la jeune Joan qui lui avait pris le bras et babillait gaiement, à l'attention, à la sollicitude et aux bons soins qu'elle avait reçus de la part de la domesticité féminine du château, ou à la remarque qu'avait incidemment prononcée Màiri sur le compte de son jeune maître.

L'air du matin était pur et Alannah prit une longue goulée d'air avant d'expirer en profondeur. Cette Joan était délicieuse. Elle entraîna Alannah dans son pimpant bavardage tandis qu'elles montaient l'escalier conduisant aux murailles. Elles décidèrent de suivre le chemin de ronde, marquant parfois une pause au sommet d'une échauguette ou entre deux merlons du parapet pour admirer le lac. La course des nuages se mirait dans la surface lisse du loch que venait onduler par moments une bise frémissante.

Joan s'était mise à lui parler de sa famille. Le clan MacAlistair était un des plus vieux clans d'Ecosse. On pouvait retracer leur arbre généalogique jusqu'au Ve siècle, vous rendez-vous compte, Lady Alannah ? Au-delà, la trace de leurs ancêtres disparaissait dans la mer d'Irlande. Sa famille était en effet principalement de sang scot et avait débarqué du nord-est de l'Ulster. Oh, bien sûr, ils avaient aussi un peu de sang scandinave – qui n'en avait pas ? – et quelques-uns de leurs ancêtres faisaient partie de ces flots de Vikings ayant déferlé sur les Shetlands, les Orcades, les Hébrides et même les côtes du Galloway aux VIIIe et IXe siècles – mais l'essentiel de leur lignée était scot et, de toute évidence, Joan en retirait une très grande fierté. Implanté en Argyll depuis près d'un millénaire, son clan était en quelque sorte le dépositaire, l'héritier de l'ancien royaume scot de Dál Riata à la création duquel, à l'entendre, son aïeul Dunghall MacAlistair avait grandement contribué.

– Et saviez-vous que c'est Domnall MacAlistair, son petit-fils, qui a aidé Kenneth MacAlpin à créer Alba ? C'est lui qui l'a incité à réunir Dál Riata et les royaumes pictes du Grand Nord.

Sans attendre de réponse, mais devant l'air curieux d'Alannah, Joan se lança dans un long laïus sur l'Histoire de son pays. Alannah, attentive, buvait du petit-lait. Elle avait toujours aimé l'Histoire mais, si celle de la France et de l'Angleterre n'avaient plus aucun secret pour elle, le passé de cette terre sauvage du Nord lui demeurait totalement inconnu. Ce n'était pas un sujet que les précepteurs anglais aimaient aborder et ils se contentaient souvent de balayer la question d'un vaste revers de la main et d'un expéditif « Ce ne sont que des barbares. Les barbares n'ont pas d'Histoire ».

Joan lui parla de la province romaine de Britannia, du mur d'Hadrien, des Scots, des Pictes, des Vikings, des Bretons, des Jutes, des Angles et des Saxons. De la constitution progressive du royaume d'Alba, du Strathclyde, du royaume de Moray, de la reconquête des îles sur les Vikings, de la stabilisation de la frontière au sud, de William Wallace et de Robert Bruce. Elle était transportée. Fascinée, Alannah buvait ses paroles. Et puis, il lui semblait qu'à travers ce cours d'Histoire et ses origines, c'était un peu de son futur mari qu'elle découvrait.

– Les Ecossais forment un peuple courageux, Lady Alannah. Je ne connais pas de peuple plus déterminé dans le malheur, plus éprouvé par les vicissitudes de la vie, plus résistant, plus querelleur, ni plus fier de ses origines et amoureux de sa terre à la fois – en dépit même des tourments incessants dont la nature nous afflige.

Elle marqua une pause et ajouta :

– En même temps, je ne connais pas beaucoup d'autres peuples ! reconnut-elle dans un grand éclat de rire.

Alannah joignit son rire au sien. Cela lui fit un bien fou. Elle réalisa qu'elle n'avait pas ri depuis son départ d'Angleterre. Sa jeune compagne était un véritable tourbillon d'une joie de vivre contagieuse. Sa bonne humeur seule suffisait à illuminer le monde autour d'elle. Alannah la regarda avec tendresse.

– Et vous, mon cousin, il vous plaît ?

Posée à brûle-pourpoint, cette question la prit au dépourvu.

– Euh, c'est-à-dire…

– Allez, ne vous cachez pas ! J'ai vu comment vous le regardiez ce matin. A moi vous pouvez bien le dire, je suis muette comme une tombe.

Alannah douta de cette dernière assertion et fit mine

d'avoir oublié la question.

– Descendons faire un tour dans la cour, voulez-vous ?

Joan accepta avec son enthousiasme habituel.

Bras dessus, bras dessous, les deux jeunes femmes firent quelques pas sur la terre battue, profitant du soleil. Le forgeron cerclait des tonneaux. Son apprenti ferrait des chevaux. Trois hommes s'activaient à positionner les dernières poutres d'une chaumière en reconstruction. Des femmes étalaient de la tourbe au soleil. Des enfants couraient après de gros cochons noirs et dispersaient les canards cancanant frénétiquement. Le soleil baignait le tout d'une lumière jaune, franche. Il faisait bon vivre.

Des bruits répétés de hache s'abattant sur une souche leur parvinrent aux oreilles. Au détour d'une masure, elles tombèrent sur Ian qui, torse nu, fendait du bois. Sa peau cuivrée brillait au soleil. Ses jambes étaient couvertes par l'enchevêtrement de ses chausses et de sa tunique repliée. Ses hautes bottes fourrées lacées de bandelettes lui couvraient les mollets jusqu'aux genoux. Les yeux fixés sur son labeur, mécanique, il enchaînait les mouvements. Deux jeunes garçons s'affairaient autour de lui, positionnant les bûches, récupérant les chutes, et édifiant un énorme tas de bois de chauffe contre le mur du four à pain. Ils semblaient chercher à rivaliser de vitesse, probablement pour attirer les regards de leur maître. Joan observa leur manège, amusée. Alannah quant à elle ne pouvait détacher son regard du buste de bronze dont les muscles saillaient à chaque mouvement sous la peau luisante de sueur. Joan coula un regard espiègle à sa jeune compagne :

– N'est-ce pas qu'il est bel homme, mon cousin ?

Ian choisit ce même moment pour se redresser, s'étirer la nuque et s'essuyer le front d'un revers du poignet. Ses yeux tombèrent sur les deux jeunes femmes et son visage se fendit d'un large sourire. Son teint hâlé par le soleil et le grand air fit ressortir par contraste la blancheur de ses dents. Délaissant sa hache, il s'approcha d'elles sans quitter Alannah du regard. Elle avait oublié à quel point ses yeux étaient bleus. Ses épaules et ses bras, aux muscles gonflés par l'effort, semblaient avoir encore doublé de volume. Les muscles de son ventre étaient contractés, ses pectoraux, bombés sous leur fin duvet brun. Il ruisselait de sueur.

– Mes dames, le soleil devant vous perd de son éclat. Vous êtes rayonnantes.

Puis, se tournant vers Alannah, il plongea ses yeux sombres dans les siens et dit d'une voix douce :

– Je suis heureux de vous voir sur pied, ma dame.

Incapable de soutenir son regard, les pommettes en feu, Alannah accueillit modestement ses paroles d'une courte mais distinguée révérence de la tête.

– Je ne vous ferai pas l'affront de vous imposer ma vue dans cet état plus longtemps, mes dames. Je vous laisse poursuivre votre promenade.

– Oh, mais votre vue ne nous est absolument pas désagréable, mon cousin, susurra Joan d'une voix suave. N'est-ce pas, Lady Alannah ?

La jeune femme s'empourpra violemment et tourna les talons. Joan la rattrapa dans un grand éclat de rire et glissa son bras sous le sien. Ces deux-là promettaient de bien s'entendre, se dit Ian avec un sourire. Comme le jour et la nuit.

Chapitre VIII

En début d'après-midi, Ian rendit visite à Alannah et lui proposa de lui faire visiter Dalmally, qu'elle n'avait pas encore eu l'occasion de voir. Màiri, occupée à ranger les baumes, cataplasmes et autres pommades dont on n'aurait plus besoin au chevet de la jeune châtelaine, s'y opposa fermement. On convint en riant que la balade serait reportée au lendemain matin. Joan annonça qu'elle en profiterait pour faire de la broderie. Elle connaissait le bourg par cœur et sentit que son cousin cherchait un moment d'intimité avec sa belle. Ces deux-là se cherchaient, elle en aurait mis sa main à couper.

Au souper ce soir-là, Joan eut beaucoup de succès auprès des chevaliers d'Ian qui avaient visiblement reçu de la part de leur seigneur l'autorisation de la courtiser. Entre abondance et rusticité, le souper se déroula dans la joie et la bonne humeur. Cependant, des questions émergeaient, et Alannah sentait une désagréable sensation de frustration monter en elle. De retour à sa chambre, elle remercia ses domestiques et prit congé de Joan, qui sautilla jusqu'à ses appartements.

Arpentant nerveusement sa chambre, elle laissa le flot de ses pensées abonder vers ce qui se dessina peu à peu comme une évidence. Ian lui manquait. Elle l'avait vu à plusieurs reprises ce jour-là, mais toujours en public, et n'avait pas eu le loisir d'aborder avec lui certaines questions qui la tracassaient. Et puis, il ne fallait pas se mentir.

Elle avait envie d'un moment en face à face avec lui, à huis clos.

Elle hésitait. Lui rendre visite à cette heure indue ne serait certes pas convenable. Pour qui la prendrait-on ? Et pourtant, force était d'admettre que depuis qu'elle avait germé dans son esprit au souper, cette idée ne cessait de prendre de l'ampleur. Elle l'obsédait. Après tout ce qui s'était passé, Alannah avait besoin de le voir. Pire. Elle en mourait d'envie.

Elle ne résista pas davantage. Prenant son courage à deux mains, elle entrouvrit légèrement sa porte et jeta un coup d'œil discret dans le couloir. Pas âme qui vive. Il était plongé dans le noir et le silence. Sur la pointe des pieds, elle se glissa hors de sa chambre, s'approcha de la porte d'Ian et frappa trois coups timidement. Plaquant son oreille contre le lourd battant de chêne, elle écouta. Pas un bruit. Peut-être dormait-il déjà ? Abattue, elle vit les espoirs certes fous qu'elle nourrissait subitement s'écrouler comme un château de cartes. La déception la gagna. Elle s'apprêtait à faire demi-tour quand la porte s'ouvrit. Ian se tenait dans l'encadrement de la porte, surpris. Il n'avait pas commencé à se déshabiller. Alannah poussa un soupir de soulagement.

– Alannah ? Que faites-vous ici ?

Soudain prise au dépourvu, la jeune femme se mit à bafouiller.

– Eh bien, euh, je… C'est-à-dire…

– Ne restez pas là, vous allez attraper froid. Entrez, fit-il en l'invitant à pénétrer dans la pièce d'un geste de la main.

Alannah s'avança timidement et entendit la porte se refermer dans son dos. Une fois au centre de la pièce, elle se retourna. Ian, appuyé contre la porte, bras derrière le dos, la dévisageait, intrigué et ravi. Cette femme ne laissait pas de le surprendre. Comme elle ne parlait pas, il décolla son dos de la porte et fit quelques pas vers elle.

– Vous vouliez me voir, ma dame ?

Pris d'une soudaine inspiration, il ajouta dans un clin d'œil :

– Ou bien cherchiez-vous les cuisines ?

Confuse devant sa propre audace, Alannah s'arma de courage et répondit :

– En effet, mon seigneur, je souhaitais vous voir.

Lui prenant les mains dans les siennes, il plongea ses yeux bleus dans les siens et murmura :

– Je vous en prie, Alannah. Appelez-moi Ian.

Elle s'abîma dans son regard.

– Je ne sais pas si je pourrai…

– Essayez.

Prenant une longue inspiration, Alannah contourna l'épreuve :

– Je voulais vous remercier de m'avoir sauvée.

– Je vous en prie. Vous m'avez déjà remercié et je n'ai fait que mon devoir envers vous.

– Je voulais aussi m'excuser d'avoir douté de vous.

– D'avoir douté de moi ?

Ne sachant que comprendre, il attendit.

– Oui, j'ai… Un instant, j'ai cru que… Vous ne viendriez peut-être pas à mon secours.

Interloqué, Ian cherchait à comprendre.

– Voyez-vous, poursuivit-elle, rien ne pouvait m'indiquer que… Enfin, que vous aviez un quelconque attachement pour moi. Enfin, que… par rapport à toutes ces femmes qui… Enfin, vous comprenez ?

– Si vous finissiez vos phrases, Alannah, je vous comprendrais sûrement mieux...

Elle poussa un soupir agacé. Cette conversation tournait au supplice. Quelle idée stupide avait-elle eue de venir dans cette chambre ? Ian la regardait, amusé. Il savait maintenant pertinemment où elle voulait en venir mais prenait un malin plaisir à la voir s'embourber dans son propre embarras. La confusion lui allait assurément très bien au teint et sa pudeur la rendait encore plus désirable.

– Je n'avais aucune garantie que vous viendriez me chercher, voilà.

– Alannah, comment avez-vous pu douter un seul instant de mon engagement envers vous ?

– Eh bien, peut-être parce que vous n'avez jamais eu le moindre engagement envers une femme, pour commencer ! Et que ce n'est pas faute d'en avoir connu !

– C'est donc cela.

– C'est donc cela quoi ?

– Alannah, seriez-vous jalouse ?

Rouge de honte et de colère, Alannah retira sèchement ses mains de celles d'Ian.

– Pas du tout.

– Alors, pourquoi tant d'emportement ?

– Parce que votre conduite est indigne d'un gentleman !

– Je n'ai jamais prétendu être un gentleman.

– Vous m'avez humiliée !

– Alannah, j'ai dix ans de plus que vous et je ne vous connaissais pas. Comment aurais-je pu vous humilier avant même que vous ne me soyez promise ?

Alannah sentit ses yeux s'embuer de larmes. Sa voix se brisa.

– Toutes ces femmes, ces conquêtes…

– Alannah, je n'aurais pas dû vous en parler au bord du lac.

– Cela n'aurait rien changé. Vos frasques sont de notoriété publique. J'en aurais eu vent tôt ou tard.

Un voile noir assombrit le regard bleu cobalt d'Ian MacAlistair.

– S'il n'était pas déjà mort, je tuerais MacLean de vous avoir parlé.

– Il est mort ?

Ian soupira en haussant les épaules.

– Bien sûr qu'il est mort, Alannah. Et ses deux fils avec lui. Nous avons attaqué de nuit, mais la forteresse était particulièrement mal défendue. Je pense qu'il ne s'attendait pas à ce que je réplique si vite, Dieu sait pourquoi. Il n'était de toute évidence pas prêt à parer une contre-attaque. L'erreur a été fatale pour lui, et pour ses hommes. En plus, la moitié de sa garnison était réunie dans un couloir du château, près de votre cachot ; le reste était pour ainsi dire désert. Tout est allé très vite. C'est son neveu, Brad, qui est à la tête du clan MacLean à présent. Il m'a juré allégeance et dédommagé en chevaux. L'île de Mull est à dater d'aujourd'hui rattachée à la seigneurie d'Argyll. Tout ira bien désormais.

Il tiqua.

– Alannah, à propos de chevaux…

– Oui, je sais. Nellie m'a dit, répondit évasivement la jeune femme, un éclat de tristesse dans ses yeux d'eau.

Soucieuse de masquer sa peine, elle se détourna de lui et s'approcha du feu. Son regard se perdit dans les flammes. Il s'approcha d'elle. Se plaçant derrière elle, il posa ses deux mains sur les épaules de la jeune femme et les sentit frémir sous ses paumes.

– Je suis sincèrement désolé pour tout ce que vous avez enduré depuis que vous êtes ici, Alannah. J'ai failli à mon devoir. Je vous promets de mieux vous protéger, à l'avenir.

Comme elle ne répondait pas, il la fit doucement pivoter vers lui. Ses grands yeux clairs l'enveloppèrent de leur regard de velours. Ses longs cils blonds, suppliants, fixaient sur lui un regard doux et implorant. Eperdue, elle semblait prête à vaciller.

– Alannah, pourquoi êtes-vous venue me voir ?

Elle cligna des yeux, cherchant à recouvrer ses esprits.

– Je vous l'ai déjà dit, balbutia-t-elle. Pour vous remercier.

– Vous mentez mal, Alannah.

Et, lui soulevant délicatement le menton de la courbe de son index, il vint déposer sur ses lèvres entrouvertes un baiser plein de tendresse. Il sentit les lèvres pulpeuses de la jeune femme répondre timidement à son appel et il l'enlaça. Elle s'abandonna. Ses cheveux sentaient bon. Il la serra plus fort contre lui et lui prit de nouveau la bouche, cette fois avec passion. Il sentit les lèvres d'Alannah répondre avidement à ses assauts, ses mains enlacer ses larges épaules. Son sexe se dressa sous la flambée de son désir et il l'étreignit avec fougue. Ses mains coururent le long de son dos, enserrèrent ses hanches, empoignèrent l'arrondi de ses fesses. A cette caresse, surprise par la soudaineté de son propre désir, Alannah étouffa un cri. Elle sentit contre sa cuisse la virilité dressée d'Ian et sa main ferme caresser ses seins avec ardeur. Sa bouche charnue quitta les lèvres tremblantes de la jeune femme et s'enfouit dans son cou dont elle s'empara impétueusement. Ses mains découvrirent sa gorge, un sein jaillit de son décolleté. Il lui en prit avidement le mamelon entre ses lèvres. Alannah, haletante, la tête rejetée en arrière, gémit de plaisir. Ian poursuivit son exploration furieuse et libéra le deuxième sein blanc. Il était plein, rond, palpitant. Il lui semblait que son membre en érection allait imploser sous la violence de la pression qui s'y exerçait. Il souleva la jeune femme et la porta jusqu'au lit. Il s'allongea sur elle et, fiévreusement, entreprit de remonter ses jupes. Elle commença à gesticuler.

– Ian, je…

Du plat de sa main, il caressa la jambe mince et blanche qu'il avait commencé à découvrir. Elle était douce sous ses doigts rudes. Ce grain de peau était satiné, sublime. Il emprisonna son genou étroit dans sa main et elle sentit sa main chaude enserrer le bas de sa cuisse.

– Il ne faut pas…

Tout à l'écoute de ce jeune corps frémissant, Ian ignora

ses paroles. Tout, tout en cette femme, transpirait le désir et appelait son sexe. Ses mamelons dressés se soulevant avec peine, ses reins cambrés, son souffle haletant. Elle s'ouvrait à lui. Sa main remonta lentement le long de sa cuisse sous les replis de sa robe. Elle se contorsionna sous la masse de son corps lourd et se redressa brusquement.

– Mon seigneur, non ! Je ne peux pas.

Se couvrant la poitrine d'un bras, rabaissant ses jupes sur ses chevilles de l'autre, tout son corps se recroquevilla. Pantelante, elle gardait les yeux rivés au sol. Ian, le souffle court, la fixait, hagard. Ce revirement de situation était complètement surréaliste. Le comportement de la jeune femme le sciait. On frisait l'absurde. Sidéré, il la vit tant bien que mal se rhabiller et bafouiller quelques mots d'excuse. Une histoire de mariage. L'honneur de son père. Hors d'haleine, les lèvres gonflées de désir, elle releva ses jupes et disparut aussi vite qu'elle était apparue. Ian se laissa retomber lourdement sur le lit. Les yeux au plafond, jambes et bras écartés, il poussa un long soupir de frustration.

***

Le lendemain cependant, il eut l'agréable surprise de voir la demoiselle le rejoindre dans la cour où il sellait deux chevaux avec un écuyer. Bien malin celui qui aurait pu anticiper les réactions de cette jeune Anglaise. Elle était tout à fait imprévisible.

– Bien le bonjour, ma dame, l'accueillit-il avec un sourire charmeur. J'espère que votre nuit a été bonne.

Rouge de confusion au souvenir de la veille, elle hocha la tête et se rangea humblement à son côté.

– Je vous ai fait préparer Wallace. Vous verrez il est docile, mais rapide.

– Je vous remercie.

– C'est lui qui est venu vous chercher sur l'île de Mull, ajouta-t-il avec un sourire entendu.

– Alors, il a toute ma reconnaissance.

Alannah tapota distraitement l'encolure de l'animal. Ian lui offrit son aide. Cette fois, elle se laissa faire sans rechigner. Il plaça ses mains sous les genoux de la jeune femme appuyée au dos du grand étalon bai et la hissa sans effort sur sa selle. Il enfourcha alors son cheval noir d'un bond et saisit les rênes que lui tendait l'écuyer. Il tourna bride et ils partirent au trot.

***

– Comment s'appelle votre étalon ?

– Finn.

– C'est un prénom d'homme !

– En effet.

Voyant qu'elle en attendait plus, il précisa :

– C'était le nom de mon frère.

– De votre frère ? Je croyais que vous n'aviez qu'un demi-frère… Alec, c'est cela ?

– En effet. Finn est mort.

Alannah médita un instant ces paroles. Ils chevauchaient maintenant côte à côte, au pas, longeant le chemin de terre au bord du loch. Elle sentait de la douleur dans la voix qu'il voulait neutre.

– Vous étiez proche de lui, n'est-ce pas ?

– Très.

– Comment est-il mort ?

– Lors d'un raid.

– Vous n'avez pas envie d'en parler ?

– Non.

– Je suis désolée.

– Vous n'avez pas à être désolée, Alannah. Vous avez le droit de connaître l'homme que vous allez épouser. Et Finn a partagé près de vingt ans de ma vie.

– Il doit beaucoup vous manquer.

– Plus maintenant.

Alannah ne sut comment interpréter cette dernière phrase et demeura silencieuse. Bientôt, ils arrivèrent en vue du bourg de Dalmally.

Ian refusa qu'Alannah mette pied à terre et c'est à cheval qu'ils traversèrent la petite bourgade la plus proche de Kilchurn. Sans maisons à encorbellement et sans colombages, elle ne ressemblait en rien à Newcastle et, d'extérieur, s'apparentait plus à un gros village de maisons de pierre à trois étages qu'à une ville. Cependant, ses rues grouillaient de marchands ambulants, de badauds, de cavaliers et de ribaudes. Ici, une charrette bloquait la circulation, déchaînant un concert de jurons et d'insultes. Là, des cochons fouillaient le sol de leur groin safre. Plus loin, un marchand d'oublies rabattait le client. Son étal bien achalandé, garni de pâtisseries au miel, de gâteaux aux fruits rouges et d'autres gourmandises, fit envie à Alannah. Ian, sans descendre de cheval, lui offrit une pomme d'amour. Il lança une pièce au marchand qui se confondit en remerciements. Visiblement, Ian avait donné plus que nécessaire.

S'il était moins construit et moins densément peuplé que Newcastle, le burgh de Dalmally était également plus aéré. Alannah dut bien reconnaître que l'air empestait certes moins que dans les grandes villes, mais les rues étaient si boueuses qu'elle fut tout compte fait ravie de parcourir la ville à cheval.

On passa devant les ateliers du vannier et du cordonnier. On doubla des carrioles dégorgeant de légumes et contourna une rue bouchée par un amoncèlement de sacs d'orge que l'on déchargeait d'un chariot en plein milieu du passage. On évita soigneusement le quartier nauséabond des bouchers, enserré dans le méandre que la rivière décrivait en aval de la ville, celui des poissonniers, et on flâna plutôt du côté des boulangers, des fromagers, des fustiers puis des marchands d'étoffes. Ian présenta à Alannah le tailleur qui lui avait confectionné ses robes, et celui-ci apprécia d'un œil professionnel la silhouette de la jeune femme avant de féliciter Ian pour son choix. Il ne put s'empêcher de le congratuler également sur un plan plus strictement technique.

– Les mesures que vous m'avez transmises me semblent parfaites, mon seigneur. Vous avez l'œil d'un expert !

Devant le regard courroucé que lui décocha la jeune femme, Ian jugea plus prudent de prendre congé du brave homme et ils poursuivirent leur visite.

Ils virent le tanneur travailler ses cuirs, le fourreur confectionner manteaux et pelisses, les fripiers négocier le prix de vieilles hardes qu'ils revendraient aux pauvres. Alannah, aux anges, laissait son regard aller des maisons aux gens, des gens aux outils, des outils aux bestiaux. Elle n'était allée que trois fois à Newcastle, toujours sous bonne escorte, et son père ne les avait jamais laissées, ses sœurs et elles, flâner si longtemps en ville. « La ville n'est pas un endroit convenable pour des jeunes filles » répétait-il inlassablement.

Aux alentours de midi, les rues devinrent de plus en plus encombrées de porteurs d'eau, de jongleurs, d'équilibristes et de mendiants. On se pressait, on se bousculait, on criait, on injuriait. On sortait les étals des masures et un vaste marché en plein air se mettait en place. Ian proposa à Alannah de rentrer. Fatiguée, elle accepta avec joie.

***

Alannah passa l'après-midi avec Joan. Ian avait à faire, et avait prié sa cousine de distraire la jeune femme et de l'aider à se familiariser avec le lieu et ses coutumes. Investie d'une telle mission, la volubile Joan en avait saisi le prétexte pour se lancer dans de longs monologues sur la vie au château, la vaillance de ses chevaliers et la loyauté de ses habitants.

Elle expliqua qu'Ian traitait très bien ses gens, ses serfs et ses vassaux, et que c'est en partie ce qui lui valait leur fidélité indéfectible. Qu'il faisait souvent distribuer les restes de ses soupers à la domesticité, et les tranchoirs systématiquement aux pauvres de Dalmally, d'Inistrynich et d'Ardanaiseig. Qu'il leur fournissait même de temps en temps de quoi faire des soupes : du lait, du pain, du vin, des restes de bouillon. Qu'en cas de disette, il redistribuait céréales et légumineuses de sa propre réserve, ce qu'aucun autre seigneur qu'elle connût ne s'abaissait à faire. Qu'il était juste et courageux.

Elle ne tarissait pas d'éloges à l'égard de son grand cousin. Quelque sujet qu'elle abordât, elle en revenait toujours à lui. Elle en parlait avec tant d'enthousiasme qu'Alannah s'interrogea furtivement sur les véritables raisons de sa présence à Kilchurn. Ian l'avait-il fait venir d'Inveraray dans le seul but qu'elle fasse son apologie ? Ses propos étaient-ils calculés pour souligner les mérites de son futur mari et lui attirer ses grâces ? Ou bien, pire encore, sa cousine nourrissait-elle des sentiments pour lui ? Et réciproquement ? Elle décida d'en avoir le cœur net.

– Et vous et, euh… votre cousin, n'avez jamais, comment dirais-je…songé à vous marier ? Vous semblez avoir une telle affection l'un pour l'autre…

– Oh non, Lady Alannah, Ian a quasiment le double de mon âge ! Enfin, pas tout à fait quand même, le pauvre… ! répondit Joan en gloussant.

Devant le regard inquiet de sa nouvelle amie, la jeune fille reprit plus sérieusement :

– Ian est comme mon frère, Lady Alannah. Il m'a pour ainsi dire vue grandir. Mes parents sont morts quand j'avais quatre ans et c'est son père qui m'a recueillie. Ian était déjà chevalier à l'époque. Il était tout le temps en vadrouille avec Finn. Ils passaient des semaines entières dans la lande, mais, entre deux excursions, ils s'occupaient beaucoup de moi. Oh, bien sûr, comme toutes les petites filles, je l'admirais, et, si je devais être parfaitement sincère, je dirais que j'ai dû l'idolâtrer un peu. Comme un grand frère. Finn et lui étaient la famille que je n'ai jamais eue.

Une ombre passa devant ses yeux verts. Le souvenir de son cousin disparu avait momentanément terni sa bonne humeur. Alannah eut un élan de compassion et prit la main de la jeune femme. Les yeux de Joan retrouvèrent immédiatement leur gaieté habituelle.

– Je m'en veux d'avoir eu de telles pensées à votre sujet et au sujet d'Ian.

– Je crois qu'il vous aime beaucoup, vous savez.

– Qui donc ?

– Mais… mon cousin, pardi !

– Je n'ai pourtant pas l'impression qu'il soit pressé de m'épouser, objecta Alannah d'un air pincé.

– Vous plaisantez ! Il en meurt d'envie, cela crève les yeux !

– Je croyais qu'il détestait l'idée même du mariage.

– Il faut le comprendre, Lady Alannah. La mort de son frère l'a beaucoup affecté. C'était son frère jumeau, alors vous comprenez…

– Son jumeau ? répéta Alannah, abasourdie.

– Oui. Il ne vous l'a pas dit ?

Alannah secoua la tête. Ce fut au tour de Joan de se montrer surprise.

– Bref. Toujours est-il que sa mort l'a vraiment bouleversé et que…

– Dites-moi comment ça s'est passé.

– Je n'ai jamais très bien su. On ne m'a pas tout raconté à l'époque, je crois qu'Ian et son père voulaient me préserver. Je sais juste qu'il s'est fait prendre dans une embuscade avec deux de leurs amis, les fils MacKenzie. Un raid du camp MacLean, je crois. On n'a jamais été sûrs. Ian s'en est toujours voulu de ne pas avoir pu protéger son frère. Il avait toujours été très protecteur avec lui. Avec moi aussi, d'ailleurs. En fait, je crois qu'Ian a toujours été très protecteur avec tout le monde. Enfin, les plus jeunes que lui, en tout cas.

– Je croyais que c'était son jumeau ?

– Oui, mais Ian est né le premier.

Alannah prit le temps d'intégrer toutes ces nouvelles données. La tête lui en tournait.

– Pourquoi dites-vous qu'il n'a pas pu protéger son frère ?

– Il n'était pas là. Il était parti à Stirling avec son père. Comme c'était lui l'aîné, Dunkheld avait commencé à l'emmener lors de ses déplacements officiels pour le former. Finn attendait leur retour pendant des jours. Pour tuer le temps, il partait parfois seul ou avec des amis dans la lande.

Joan marqua une pause.

– Ian a toujours été convaincu que c'était MacLean qui avait commandité ce raid et voulait lancer des représailles contre son clan, mais comme rien n'a jamais pu être formellement prouvé, son père lui a refusé le droit de se venger *manu militari*. Alors il a courtisé sa fiancée. MacLean était fou. Mais chut ! Je ne suis pas censée être au courant, dit-elle en baissant la voix sur un ton de connivence.

– MacLean, vous voulez dire… ?

– Eh bien oui, Dunghull MacLean, de l'île de Mull. L'homme qui vous a enlevée.

Tout prenait un sens nouveau. Elle avait été l'instrument d'un règlement de comptes lié à une histoire vieille d'au moins douze ans. Alannah n'en revenait pas. Voyant l'humeur de la jeune Anglaise s'assombrir, Joan décida de revenir au sujet initial de la conversation.

– Bref, tout cela pour dire qu'Ian ne s'est jamais vraiment remis de la perte de son frère. Il l'aimait plus que tout au monde. Il a juré qu'il ne s'attacherait plus jamais à qui que ce soit. Pour éviter de souffrir, vous comprenez. Je n'avais que six ans, mais j'étais là, et ses mots m'ont marquée. C'est là qu'il a déclaré à son père qu'il ne se marierait jamais. Il avait dix-huit ans.

Savourant l'air songeur d'Alannah, elle se pencha en avant et ajouta avec un clin d'œil.

– Mais je crois qu'avec vous, il a changé d'avis.

Chapitre IX

Ian chevauchait en silence. Il était parti à l'aube et avait avancé le prétexte d'un litige entre óchtigerns à régler dans le nord de ses terres pour se retrouver seul. Sa conversation de la veille avec Alannah avait rouvert une blessure qu'il croyait à jamais refermée. Ou plutôt, elle l'avait placé face au dilemme qui le guettait depuis qu'il avait posé les yeux sur elle. Il ne pouvait plus faire semblant d'ignorer le choix insoluble qui se présentait à lui.

Arrivé près d'un bosquet de bruyères en fleurs, il mit pied à terre et resta plusieurs minutes debout, immobile, brides au poing. Devant lui, grignotée par le houx vert, s'étirait la longue pierre tombale de granite sur laquelle on pouvait lire « Finn MacAlistair – 9 janvier 1343 – 4 février 1361. » C'est lui qui avait refusé qu'on enterrât Finn dans un cimetière. Finn était un garçon de la lande, des prairies, de la montagne. Il n'était pas fait pour mourir enfermé entre quatre murs.

Tombant à genoux, Ian sentit sa gorge se nouer. Il avait juré de ne plus jamais aimer quelqu'un comme il avait aimé son frère. Et si épouser Alannah par décision diplomatique n'avait pas fondamentalement remis en cause son serment, le fait de tomber amoureux, lui, constituait à ses yeux un parjure impardonnable. La culpabilité le rongeait. Il ne vivait plus. Il était fou d'elle, il ne pouvait plus le nier. Même absente, cette femme l'obsédait. Mais en tombant amoureux d'Alannah, Ian avait le sentiment de bafouer la mémoire de son frère et de trahir son serment. Il avait tout fait pour occulter le sentiment de sourde culpabilité qu'il sentait poindre au fond de lui depuis plusieurs jours, mais parler de Finn avait fait remonter tous ses souvenirs à sa conscience. La douleur, la promesse faite sur cette même tombe, son inexcusable déloyauté. Rongé par le remords, Ian venait racheter son serment auprès de son frère.

Il lui parla longtemps. Il lui dit qu'il lui manquait. Partagea ses sentiments. Lui demanda de le pardonner et de le libérer de son engagement auprès de lui. Il resta des heures à genoux sur sa tombe, caressant du bout des doigts la lourde dalle anthracite. Il lui semblait que le vent, qui se levait par intermittence, lui apportait ses réponses de l'au-delà.

Lorsqu'il se releva, les dernières lueurs roses du jour déclinaient à l'horizon. Sa décision était prise. Il épouserait Alannah. Non par devoir, mais parce qu'il l'aimait. Il s'engagerait envers elle et l'aimerait de toute son âme. Il enfourcha sa monture et l'éperonna en direction de Kilchurn. Il avait soudain hâte de retrouver sa future femme. Pour la première fois depuis treize ans, Ian était en paix avec son cœur.

***

Lorsqu'il pénétra dans la grand-salle ce soir-là, la nuit était déjà tombée sur Kilchurn et une pluie battante l'avait accueilli à son retour chez lui. Alannah se tenait près de la grande cheminée et se trouvait en grande conversation avec un homme jeune et apprêté qu'Ian n'avait jamais vu. Il ressentit immédiatement de l'aversion pour le nouveau venu. Alannah et lui se tenaient par les avant-bras et semblaient très absorbés par leur échange. Ian avisa sa cousine qui, à distance du couple, lui roulant un œil contrit et secouant légèrement la tête, révéla ses paumes, et haussa légèrement ses épaules en signe d'impuissance.

Alertée par le mouvement de Joan qu'elle aperçut du coin de l'oeil, Alannah tourna la tête vers la porte d'entrée. Son visage arborait un sourire radieux. Il ne l'avait encore jamais vue sourire. Ce sourire illuminait son visage d'ange. Elle avait un charme fou. Elle paraissait rayonner. L'émotion en lui le disputa à la colère. Il n'avait encore jamais eu l'honneur d'être gratifié d'un sourire si franc par la jeune femme, mais cet homme avait de toute évidence droit à toutes ses faveurs. Devant l'air sombre qu'il affichait, le sourire d'Alannah se figea et son visage se décomposa. Ses bras retombèrent le long de son corps. Ian s'avança, menaçant.

– Qui êtes-vous ? lança-t-il d'un ton sec lorsqu'il les eut rejoints.

Il était trempé et une forte odeur d'humidité se dégageait de son manteau.

Le jeune homme se tourna vers lui et le toisa avec dédain. Il était grand et mince. Le cheveu châtain et bien coiffé, le trait fin, la tenue impeccable, il avait indéniablement fière allure. Il posa sur lui deux yeux clairs qui rappelèrent étrangement à Ian ceux d'Alannah. Une fraction de seconde avant que l'autre ne lui réponde, il avait compris.

– Sir Brigham d'Harcourt, futur comte de Durham, capitaine de Sa Majesté Edouard III d'Angleterre. Pour vous servir.

– Ian MacAlistair, répondit sèchement Ian.

Son manque de civilité frisait l'affront. Par cette simplicité déplacée, presque familière, Ian marquait implicitement trois points : il prouvait qu'il n'avait nul besoin de titres pour se mesurer à son adversaire, ridiculisait l'étalage formel, quoiqu'approprié, dont celui-ci venait de faire preuve, et lui signifiait rondement qu'il n'avait aucune envie de le connaître davantage. Alannah se dandina d'un pied sur l'autre.

– Que venez-vous faire si loin au nord, Sir Brigham ? Vous vous serez égaré, sans doute, continua Ian, glacial.

– Mais… pas du tout, Sir MacAlistair, rétorqua Brigham sur le même ton. Je venais rendre une petite visite de courtoisie à ma cousine. Ou plutôt, à ma fiancée, devrais-je dire, ajouta-t-il après une courte pause.

Les deux hommes se jaugèrent.

– Brigham… commença Alannah en lui posant ses doigts fins sur le bras.

Ian lui jeta un regard qui lui glaça le sang.

– Vous l'appelez par son prénom ?

– Voyons, mon seigneur, c'est mon cousin !

– Et moi votre futur mari.

– Rien n'est moins sûr, intervint Brigham.

Et, avant qu'Ian ait eu le temps de réagir, il désigna le visage d'Alannah du menton et demanda sur un ton de défi.

– C'est vous qui la frappez ?

Ian empoigna l'insolent par les revers de son pourpoint et le plaqua contre le jambage de la cheminée. Alannah se précipita pour les séparer, tandis que Joan courait chercher de l'aide.

– Ian, Ian je vous en prie ne lui faites pas de mal ! s'écria Alannah.

Touché par la voix suppliante de la jeune femme qui s'accrochait désespérément à son bras, Ian lâcha son adversaire. L'autre peinait à retrouver son souffle et se raclait bruyamment la gorge. Alannah l'aida à remettre son pourpoint en place et se retourna, furieuse, contre l'Ecossais.

– Qu'est-ce qui vous prend ? Vous avez failli le tuer !

– Cet homme m'insulte sous mon propre toit et vous le protégez ?

– Il plaisantait ! N'est-ce pas Brigham ?

Main sur la gorge, l'intéressé ne répondit rien. Il fusillait Ian du regard. Sur les talons de Joan, Quinlan, Malcolm et trois autres déboulèrent brusquement dans la pièce.

– Tout va bien, temporisa Alannah d'un geste apaisant de la main.

Elle se tenait entre les deux hommes et maintenait inconsciemment sa main posée sur le torse d'Ian, le tenant à distance de son cousin. Poings fermés, bras raidis le long du corps, Ian tenta de reprendre le contrôle de lui-même. Conscient de tous les regards braqués sur eux, il prononça d'un ton comminatoire :

– Vous n'êtes pas le bienvenu ici, Sir. Cependant, par égard pour ma future femme, et comme votre présence semble lui faire plaisir, je vous donne deux jours pour vous approvisionner et reprendre votre route.

Il tourna les talons et quitta la pièce.

Le souper fut tendu ce soir-là. Ian n'adressa pas un mot à son hôte et garda sa main sur celle d'Alannah toute la soirée. Brigham, assis à gauche de sa cousine, à la place qui lui revenait de droit selon les codes en vigueur, ne la quitta pas des yeux. Joan, assise en face de lui, à côté d'Ian, laissait, sans se cacher, passer son regard de l'un à l'autre dans un jaugeage attentif. Les compagnons d'armes d'Ian mangèrent bruyamment, mais les conversations furent laconiques.

Aucun effort ne fut déployé pour honorer le futur comte de Durham. On ne servit aucun plat raffiné, aucune denrée rare. On lui offrit du potage, du brouet de choux aux oignons et au vin cuit, du lard fumé, du jarret de porc, de la truite et de la viande séchée. Le silence était pesant, la tension, palpable.

Brigham se fit conduire à ses appartements par Quinlan tandis qu'Ian laissait Alannah à la porte de sa chambre, sans un mot.

***

Alannah passa l'essentiel de la journée du lendemain en compagnie de son cousin. Elle lui fit visiter la forteresse et ils passèrent de longues heures à se promener en conversant avec animation. Joan avait reçu la consigne de ne pas les laisser seuls un seul instant et de rapporter à Ian la moindre parole ambiguë et Malcolm, celle de les suivre de loin et d'intervenir en cas de besoin.

Ian ne faisait pas confiance à cet homme. Les motivations qui l'avaient conduit jusqu'ici étaient évidentes, quoi qu'en dît Alannah, mais il ignorait encore la forme sous laquelle elles se manifesteraient. Il avait donc reporté ses déplacements au surlendemain et s'était arrangé pour ne pas quitter le château.

Il supervisa l'achèvement des travaux de reconstruction de Kilchurn, porta des poutres, assista les maçons, donna un coup de main aux charpentiers, et fendit du bois. Ayant décidé de prendre son mal en patience, tout effort physique était le bienvenu pour canaliser sa colère. Il surveillait néanmoins du coin de l'œil le trio qui déambulait entre la haute et la basse cour et, lorsqu'ils partirent se promener à pied le long du loch, il les suivit des yeux du haut des remparts.

Brigham dévorait Alannah des yeux. Elle était encore plus belle qu'à son départ. Son visage avait gardé son innocence et ses immenses yeux clairs toute la candeur de leur enfance, mais ses formes s'étaient épanouies et ses hanches arrondies. Sa peau lumineuse captait les pâles rayons du soleil et son joli profil se découpait avec finesse sur les rudes reliefs de la lande. Elle avait conservé ses mains de petite fille et sa démarche aérienne. Le vent jouait dans ses cheveux défaits et faisait virevolter quelques mèches rebelles – comme avant – et s'échapper de son gracieux cou blanc un léger parfum de lys qui venait chatouiller les narines enchantées du jeune homme.

– Tu es radieuse, ma cousine.

Elle lui rendit son sourire avec chaleur.

– Est-ce la vie de plein air qui te réussit si bien ? ironisa-t-il. Ne me dis pas que tu te fais à ces manières de paysans ! Regarde ce qu'on nous sert à table ! A quand pour toi les travaux des champs ?

Elle s'abstint de répondre et laissa son regard se poser sur les ondes lisses du loch qui clapotaient contre la berge.

Brigham caressa des yeux ses courbes avec envie. Dieu merci, elle avait gardé ses paumes douces et sa classe d'aristocrate anglaise. Il était encore temps de l'arracher aux mains de ces gueux et de la ramener dans une contrée plus civilisée – digne de son rang. Cela ne devrait du reste pas s'avérer trop difficile ; elle rougissait et faisait tout son possible pour changer de sujet chaque fois qu'il tentait de l'interroger sur le seigneur MacAlistair : nul doute que cet homme la terrifiait et que la seule idée de s'unir à cet animal la mortifiait. Quant à ce barbare, ce n'était pas le genre d'homme à se satisfaire d'une jeune vierge effarouchée. Il serait sans aucun doute ravi de l'échange avec la sulfureuse Kensington. Son plan avait toutes ses chances de réussir. Restait à l'exposer à Alannah et à s'en faire une alliée active.

Cependant, la jeune Joan, aussi affriolante fût-elle, l'agaçait par son assiduité. Elle ne les avait pas quittés de la journée et semblait mettre un point d'honneur à lui rappeler sa présence à intervalles réguliers, si bien qu'il n'avait encore pu jouir d'aucun moment d'intimité avec sa cousine. S'il lui plaisait tant, il l'inviterait bien à partager sa couche ce soir-là ! ricana-t-il en son for intérieur. Quoique la petite Ceit, timide et soumise, serait probablement plus facile à mettre dans son lit sans que ça fasse d'histoires. Une chambrière n'oserait jamais lui opposer de résistance – sans compter qu'elle se garderait bien de s'en vanter le lendemain auprès de son maître, qui paraissait beaucoup l'impressionner.

Les Françaises avaient du chien, mais ces filles du nord avaient sûrement quelque chose de sanguin dans les tripes et, avant de se marier avec la sage Alannah, il ne lui aurait pas déplu de goûter à ces fruits sauvages.

C'était entendu. Dès qu'il aurait trouvé le moyen de s'entretenir en privé avec sa cousine, il s'arrangerait pour se faire monter un bain par la petite soubrette, et ne la laisserait pas quitter sa chambre avant qu'elle ne lui ait donné un avant-goût de ce dont une Ecossaise était capable. Après tout, bergères, vilaines et domestiques n'étaient-elles pas là avant tout pour pourvoir aux besoins de leurs seigneurs ?

– Te souviens-tu de nos baignades dans la Tyne étant gamins ? demanda-t-il soudain en posant à son tour les yeux sur la surface plane du lac que venait rider une douce brise maritime.

Alannah sourit de nouveau.

– Bien sûr !

– C'était le bon temps ! Tu te rappelles ce vieux Jack qui nous surveillait ?

– Et la bonne Lally ! Et mes sœurs ! Et Hugh ! Ah, si tu savais comme ils me manquent, tous !

– Il ne tient qu'à toi de les revoir.

Elle haussa un sourcil, perplexe.

– Mais comment … ?

Avisant Joan qui se rapprochait, Brigham éluda la question.

– Tiens, j'ai envie de piquer une tête ! Tu viens avec moi ?

– Mais je…

Déjà, Brigham faisait mine d'ôter sa chemise.

– Je ne peux pas, Brigham !

– Tu faisais moins l'effarouchée, jadis !

– J'avais dix ans !

– Et alors ? Entre cousins… Allons, allons, pas de

fausse pudeur.

– Non, vraiment, Brigham, je… je ne préfère pas.

Il afficha une mine déçue.

– Alors je veux une compensation.

– Une compensation ?

– Oui. Pour ma peine.

Elle rit.

– D'accord, mon cousin, tu as gagné ! Que veux-tu donc pour effacer ce gros chagrin ?

– Un baiser.

Son sourire s'effaça. Elle hésita une fraction de seconde, puis se pencha vers la joue de son cousin pour y déposer un petit baiser chaste. Il lui prit le visage entre les mains et emprisonna sa nuque entre ses longs doigts.

– Un vrai, Alannah.

– Mais… ?

Il planta son regard dans les yeux écarquillés de la jeune femme.

– Embrasse-moi, Alannah.

– Je… je crois que nous devrions rentrer, osa alors suggérer Joan en s'approchant ostensiblement d'Alannah, qui saisit cette intervention providentielle pour se dégager.

Brigham foudroya l'importune de ses yeux pâles mais, apercevant un des guerriers MacAlistair qui s'approchait à son tour, la main posée sur le pommeau de son épée, il laissa ses bras retomber près de son corps.

– Mon cousin n'aime pas que sa future femme rentre après le coucher du soleil, ajouta Joan pour se justifier, en soutenant son regard.

Au souper, transportés par leurs longues conversations de la journée, Brigham et Alannah poursuivirent leurs échanges sur toutes sortes de sujets. Alannah avait choisi d'oublier le malaise qui s'était emparé d'elle près du lac et de mettre la requête déplacée de son cousin sur le compte d'un accès de nostalgie. D'ailleurs, Brigham avait repris un ton détaché et discourait comme si de rien n'était, si bien qu'elle s'était de nouveau plongée sans réserve dans leur flot ininterrompu de questions-réponses et se régalait de ses anecdotes croustillantes.

Et puis, elle ne se lassait pas de s'enquérir du bonheur et de la santé de sa famille ; d'apprendre les dernières nouvelles de Newcastle, de Durham, de Middlesbrough ; d'entendre parler des exploits militaires de son cousin sur le sol français. C'était si bon d'entendre parler de l'Angleterre !

Ian, affalé dans son fauteuil, l'œil sombre, jouait avec son couteau. Joan lui avait fait part de l'entreprise offensante du jeune aristocrate juste avant leur retour au château, et il lui avait fallu toute la volonté du monde pour prendre sur lui et éviter de le jeter dehors. Alannah semblait tellement heureuse qu'il n'avait pas le cœur à lui faire de la peine. Pourtant, sa façon de le regarder et de s'enthousiasmer à chacune de ses paroles l'agaçait au plus haut point. Exaspéré, il décida de rabattre sa superbe à ce jeune coq qui prenait tant de plaisir à se pavaner devant sa future femme.

– Vous parlez de vos faits d'armes avec beaucoup de suffisance, Sir Brigham.

– C'est que nous avons combattu avec vaillance, rétorqua l'autre, irrité que cet intrus se mêle de la conversation animée qu'il partageait avec sa cousine.

– Il est bien dommage que tant de vaillance ait été couronnée de si peu de succès, remarqua encore Ian.

– Je ne vois pas de quoi vous voulez parler.

– Mais, de vos exploits, Sir Brigham. Et de ceux de toute l'armée anglaise avec vous. Du brio avec lequel vous avez perdu le Maine, le Poitou, et jusqu'à votre légendaire suprématie sur les mers à la bataille de la Rochelle depuis que les hostilités ont repris. Précisément… ces quatre dernières années, alors que vous combattiez si *vaillamment*.

– Que prétendez-vous savoir, du fin fond de vos forêts, des enjeux géopolitiques et de l'issue des batailles entre la France et l'Angleterre ?

– Suffisamment pour avoir une bien piètre idée d'une armée qui se fait bêtement avoir par la tactique de la terre brûlée et y dépense inutilement son énergie. Dont les deux principaux chefs se tirent dans les pattes, se laissent soûler par l'ennemi, et se font par la même occasion prendre par surprise à l'aube. Dont de hauts gradés s'enfuient pour retourner sur leurs terres tandis que les autres, capturés, se font libérer contre rançon comme des couards.

– Si c'est de Pontvallain que vous voulez parler…

– De quoi d'autre ?

– Nous avons des circonstances atténuantes.

Ian esquissa un sourire sarcastique.

– Les mêmes j'imagine qui vous font perdre dans la foulée le siège de la forteresse de Chizé ? Qui conduisent ensuite vos navires à de grossières erreurs de manœuvre et à s'échouer sur des hauts-fonds de la baie de la Rochelle ? Quatre cents chevaliers et huit mille hommes à se faire capturer ?

– Les vents nous étaient contraires !

– Je vais vous dire quelles étaient vos circonstances atténuantes, Brigham d'Harcourt. Vous en aviez trois. Elles s'appellent Charles V, Bertrand Du Guesclin et Ambrosio Boccanegra.

On débarrassa les plats. Alannah était atterrée. Elle jeta un coup d'œil navré à son cousin qui cherchait en vain une répartie cinglante. Elle ne comprenait pas qu'Ian se permît de si mal accueillir le premier membre de sa famille qu'il rencontrait. Le seul pour l'instant qui se fût donné le mal de faire tout ce chemin pour venir la voir.

Quand il la raccompagna à sa chambre, elle ne manqua pas de l'apostropher à ce sujet :

– Quel besoin aviez-vous d'humilier mon cousin de la

sorte ? Et devant toute la tablée, encore !

– Je ne l'aime pas.

– C'est un membre de ma famille ! Vous lui devez des égards ! Je ne l'ai pas vu depuis quatre ans, il a la gentillesse de faire tout ce chemin pour me rendre visite à son retour, et tout ce que vous trouvez à dire, c'est que vous ne *l'aimez* pas ?

– Cet homme est faux.

– Vous avez tort ! Brigham est un garçon loyal !

Ian leva les yeux au ciel.

– En réalité, vous ne supportez pas que je puisse être proche d'un homme. Que Brigham puisse être mon confident, un soutien, un ami sincère et fidèle. Qu'il m'ait aimée, lui, chose dont vous êtes incapable !

– Ça suffit maintenant, vous dites n'importe quoi, Alannah !

Furieux, Ian pivota sur ses talons. Avant de refermer la porte, il déclara sur un ton sans appel :

– Cette mascarade n'a que trop duré, ma dame. Votre cousin partira demain comme convenu et moi, je vous épouse dans trois jours. Le temps d'organiser les festivités et d'annoncer la nouvelle. Ensuite, vous serez mienne. Que vous le vouliez… ou non.

Une fois seule, Alannah, mortifiée, laissa tomber sa tête entre ses mains. Nellie venait de la quitter, prête pour la nuit. Les volets étaient fermés, le feu, éteint, les courtines, tirées. Assise dans son lit, Alannah se mit à sangloter. Ian s'était montré très dur envers elle. Il l'avait pratiquement jetée dans sa chambre et l'avait traitée comme une paria. Il lui avait annoncé leur mariage imminent sans la moindre émotion, comme une simple formalité, presque une punition. Elle ne comprenait plus. Elle aurait voulu pouvoir en parler avec lui, qu'il la prenne dans ses bras.

Un grincement du côté de la porte lui fit tendre l'oreille. Un battant que l'on claque. Un loquet que l'on repousse.

Pleine d'espoir, elle entrouvrit la courtine et sauta hors du lit.

– Ian ?

Découvrant son visiteur, elle ne put réprimer une moue de déception.

– Brigham ?

– Ta joie fait plaisir à voir, chère cousine, remarqua-t-il d'un air pincé. Tu attendais quelqu'un d'autre, peut-être ?

– Non, mais tu ne devrais pas être ici.

– Toi non plus.

– Que veux-tu dire ?

– Que tu es ma fiancée, Alannah. Cet homme n'a aucun droit sur toi.

– Il est l'homme à qui on m'a promise.

– *Je* suis l'homme à qui on t'a promise, Alannah.

– Je sais, Brigham. Mais aucun accord n'a jamais été écrit, tu es parti et…

– Qu'es-tu en train d'insinuer ?

– Je n'insinue rien du tout, Brigham, je… Ecoute, si je suis ici, tu sais très bien que c'est sur ordre du roi, alors pourquoi viens-tu m'en faire le reproche ?

– Le roi est prêt à modifier son offre.

– Il est… *quoi* ?

Brigham se rengorgea.

– Je lui ai parlé de toi. Il est satisfait de mes services en France et est prêt à proposer Eleanor Kensington de Sussex à ta place à ce barbare. Comme ta main n'a pas encore été officiellement acceptée par lui auprès du roi, votre union scellée, ta dot versée et un quelconque mariage consommé – Dieu merci –, il dit que son offre est encore modifiable. Sous réserve que ce barbare soit d'accord, malheureusement, ajouta-t-il d'une voix sinistre.

– Et s'il refuse ?

– Il ne refusera pas. Eleanor de Sussex est belle et riche. Sa dot sera plus conséquente que la tienne. Et l'or, au fond, c'est bien tout ce qui intéresse ces sauvages, tous autant qu'ils sont.

– Ce n'est pas vrai.

Il leva un sourcil étonné.

– Tu le défends ?

– J'ai appris à le connaître.

– Alors il te sera d'autant plus facile de le convaincre. C'est à toi de jouer, Alannah. Au vu de notre altercation d'hier, il rejettera en bloc tout ce qui viendra de moi. Je me suis laissé emporter par orgueil et il serait peu stratégique que cette nouvelle offre vienne de moi.

Il lui caressa la joue.

– Mais toi, tu peux le convaincre. Si tu manœuvres bien, il se laissera séduire par l'idée de t'échanger contre un plus beau parti.

Elle écarta sa main.

– Je ne peux pas, Brigham.

– Et pourquoi ça ?

Elle se tut. Brigham s'impatienta.

– Pourquoi ça, Alannah ?

– Parce que je l'aime.

Le jeune aristocrate se raidit.

– Tu *quoi* ?

– Tu m'as entendue.

– Allons, Alannah, tu délires ! Toi ? Cette espèce de brute ?

– Il n'est pas du tout ce que tu crois.

– Il est ce que je vois ! Allons, Alannah, souviens-toi ! L'étang, nos jeux, nos promesses ! Tu rêvais de m'épouser, d'avoir des enfants avec moi…

– Nous n'étions que des enfants, Brigham. Tout ça, c'est du passé.

– Mais enfin, qu'est-ce qui te prend ?

– Il me prend que je t'ai attendu quatre ans, Brigham ! Que tu as préféré partir guerroyer et qu'aujourd'hui, j'aime un autre homme.

Il s'approcha d'elle et lui prit la taille.

– Ce n'est pas vrai, Alannah. Tu n'aimes que moi.

– Je t'aimais comme une enfant, Brigham.

– Parce que lui, tu l'aimes comme une femme ?

Son ton s'était fait menaçant. La saisissant brutalement par le bras, il approcha son visage du sien.

– Tu couches avec lui, c'est ça ?

– Brigham, tu me fais mal.

– Dis-moi que tu couches avec lui, espèce de traînée !

– Mais non, Brigham, je te jure !

– Si tu refuses de le quitter de ton plein gré, c'est moi qui m'arrangerai pour qu'il te répudie. Est-ce que je me fais bien comprendre ?

– Brigham, écoute-moi. Tu sais bien qu'on ne s'est jamais vraiment aimés, toi et moi. J'avais huit ans quand on s'est mis dans la tête de se marier, et toi à peine dix. On ne savait pas vraiment ce qu'on voulait, on…

– Tais-toi, Alannah, tais-toi !

Brigham fulminait.

– Tu es à moi, Alannah. Jamais un autre homme ne posera la main sur toi.

– Brigham…

– Vas-tu lui parler de la Kensington, oui ou non ?

– Non.

– Alors, tu ne me laisses pas le choix.

Il la poussa sur le lit, retira ses chausses et entreprit de délacer ses braies.

– Brigham, qu'est-ce que tu… ?

Voyant qu'elle allait crier, Brigham se jeta sur elle et lui couvrit la bouche de sa main. Relevant sa chemise de nuit de l'autre, il luttait en même temps contre le corps de la jeune femme qui se débattait comme un chat sauvage. Lorsqu'elle le griffa, il se redressa, interloqué, et la gifla avec colère. Alannah commençait à suffoquer.

Soudain, tout alla très vite. Alannah sentit le corps de Brigham se soulever et vit Ian le projeter à terre. Les deux hommes en vinrent aux mains. Ian maîtrisa sans grande difficulté le corps élancé du jeune homme et, d'un violent direct du droit, l'envoya au tapis. Brigham porta sa main à son visage. Il saignait.

– Vous avez une heure pour quitter ce château, Sir d'Harcourt.

Comme trois chevaliers, alertés par le bruit, se pressaient à la porte de la chambre, Ian ajouta à leur intention :

– Veuillez veiller à ce que Sir d'Harcourt ait quitté ces lieux avant minuit.

Penaud et furieux, Brigham sortit de la pièce sans demander son reste.

Ian se précipita vers Alannah et l'aida à s'asseoir. Elle sanglotait.

– Ian, je suis tellement désolée. Je ne pensais pas que…

– Ne soyez pas désolée. Vous êtes jeune et naïve, Alannah. Et innocente. C'est aussi ce qui fait votre charme.

– Mais comment avez-vous su que… ?

– Cet homme a été votre prétendant, Alannah. Et il s'était mis en tête de vous épouser. Il était normal qu'il veuille reprendre sa mainmise sur vous.

Il ajouta d'une voix chaude :

– J'aurais fait pareil à sa place.

Alannah le regarda d'un air désabusé.

– Vous y seriez-vous pris de la même façon ?

– Bien sûr que non, Alannah.

Et, prenant son visage entre ses deux mains, il précisa :

– Mais moi, j'aurais réussi.

Il lui caressa doucement le visage de ses pouces puis, lui prenant les mains entre les siennes, lui demanda de but en blanc :

– Dites-moi, Alannah, ce que vous lui avez dit à mon sujet… le pensiez-vous ?

Elle fit un mouvement de côté et le dévisagea.
– Qu'avez-vous entendu ?
– J'ai tout entendu, Alannah.
– Vous écoutiez aux portes ?
– Oui.
– Pourquoi ?
– Parce que je savais ce qu'il allait vous demander.
– Pourquoi ne vous êtes-vous pas manifesté tout de suite ? Vous avez délibérément laissé les choses dégénérer ! s'offusqua-t-elle.
– Parce que je voulais savoir comment vous réagiriez. Et surtout, que vous ouvriez les yeux sur la véritable nature de ce cousin que vous traitiez avec beaucoup trop d'indulgence.
– Parce que vous, vous aviez tout de suite vu de quoi il était capable ?
– Oui.
– Vous êtes arrogant.
– Non, réaliste. Question d'intuition. Votre Brigham n'était pas difficile à cerner.
Peu encline à se laisser amadouer pour si peu, Alannah reprit avec véhémence :
– Vous avez tout entendu et vous avez mis tout ce temps pour intervenir ?
Piqué au vif, Ian se renfrogna.
– Il avait poussé le verrou. J'ai dû défoncer la porte. Vous n'avez pas entendu ?
– Non. J'étais plutôt occupée, figurez-vous.
Toujours vexée, elle tenta une dernière parade.
– Et votre *intuition* ne vous avait pas prévenu que le loquet serait poussé ?
Il sourit, amusé.
– Vous êtes injuste, Alannah.
Il se pencha vers elle et prit son menton dans sa main.
– Mais vous êtes très belle quand vous êtes injuste.

Et il l'embrassa tendrement. Comme elle s'abandonnait, il recula son visage.

– Vous n'avez pas répondu à ma question.

– Quelle question ?

– Vous lui avez dit que vous m'aimiez. Deux fois. Le pensiez-vous ?

Elle rougit et posa sur lui ses grands yeux limpides. Il y lut la réponse qu'il attendait, mais elle n'osa pas dire un mot.

– Très bien Alannah, puisque visiblement votre mémoire vous fait défaut, alors j'ai une autre question à vous poser. Une question qu'on n'a jamais pris la peine de vous poser jusqu'à présent.

Elle attendit.

– Alannah, voulez-vous bien être ma femme ?

Elle lui sourit. De ce même sourire lumineux qu'il avait tant jalousé la veille. Cette fois, ce fut elle qui tendit le cou et déposa un léger baiser sur ses lèvres.

– Oui, Ian, je veux devenir votre femme.

Cette nuit-là, Ian resta dans la chambre d'Alannah et veilla sur elle. A demi-allongé sur son lit, le dos redressé par des coussins, les jambes étendues et croisées devant lui, il l'avait prise contre lui pour la réchauffer, et, apprivoisée, elle s'était endormie dans ses bras.

Lorsqu'elle se réveilla, tard dans la matinée, Ian s'était déjà levé. Et Brigham était parti.

Chapitre X

Château de Kilchurn, 10 avril 1374

Les trois jours qui suivirent furent employés à préparer le banquet et la cérémonie du mariage. Enfin, le grand jour arriva. Dans les cuisines, l'activité battait son plein. Màiri surveillait étroitement son personnel. Sous son œil attentif, on barattait le beurre, battait les œufs, pétrissait la pâte. Sur le plan de travail, côte à côte, deux jouvencelles émondaient des amandes et hachaient de la ciboule. Une autre écrasait des bâtons de cannelle au mortier. Une petite fille roulait des galettes.

Au fond de la salle, un gros homme en tablier vidait les poissons, deux autres dépeçaient le gibier, tandis que, près de la porte, un quatrième activait le tournebroche et rôtissait les oies. On s'agitait gaiement, il régnait dans l'air la joie d'un mariage imminent, et qui s'annonçait heureux. Depuis quelques jours, Lady Alannah et le seigneur Ian semblaient en effet filer le parfait amour. On les avait vus plusieurs fois se tenir par la main, et les gens de Kilchurn ne se souvenaient pas avoir vu leur maître si serein depuis des années. Ni avoir jamais manifesté si ouvertement son affection pour une femme.

Màiri s'approcha d'une cuisinière qui, fouettant ensemble des œufs, du pain et des aromates, préparait la base d'un pasté prêt à accueillir des morceaux de lièvre. Elle y trempa l'auriculaire, goûta le mélange et y incorpora quelques pincées de gingembre, des feuilles de laurier et du thym. Passant entre les servantes, elle corrigea un geste, assaisonna un plat, huma le fumet des rôts, garda un œil sur les petits pains de seigle autour desquels un jeune garçon rôdait innocemment.

En plus de tous les gens de la mesnie, on avait recruté de nombreux journaliers pour l'occasion. A l'étage supérieur, de jeunes vachères d'une douzaine d'années jonchaient le sol de la grand-salle de pétales de roses sauvages, de violettes et d'autres fleurs fraîchement coupées. Les dalles de terre cuite s'étaient transformées en un véritable tapis végétal coloré et parfumé. Dehors, dans la haute cour, d'autres enfants poursuivaient ce travail sous un soleil radieux.

On avait dressé dans la grand-salle trois immenses tables en U et, dehors, une série de tables rectangulaires flanquées de bancs : les gens aussi auraient droit à leur banquet. Ce soir, à part Màiri et quelques servantes aidées de journaliers extérieurs qui procéderaient au service, tout le château serait en fête. Après les restrictions prudentes de l'hiver, l'arrivée du printemps et le merveilleux prétexte d'une union permettaient d'oublier toute parcimonie.

Partout, les couleurs du clan MacAlistair, ses bannières, et « Ne obliviscaris »[29], sa devise.

Ian supervisait l'ensemble d'un œil distrait, Alannah à son bras. Debout dans la cour, il semblait attendre quelque chose. Enfin, un bruit de sabots leur parvint de l'autre côté du pont-levis les séparant de la basse cour. Deux chevaux se rapprochaient au trot. Le visage d'Ian se détendit. Eachann apparut sur son destrier alezan, tenant par les rênes un superbe pur-sang anglais gris pommelé. Une femelle. Altière, longiligne, le poil très court, l'oreille

---

[29] Nous n'oublions pas (en latin).

longue, tout chez elle était fin et délicat. Alannah ne put retenir une exclamation admirative :

– Elle est superbe !

– Elle vous ressemble. Elle vous plaît ?

– Elle est magnifique.

– Alors, elle est à vous.

Elle tourna vers lui ses grands yeux clairs où il lut une profonde gratitude. Puis elle s'approcha de la délicate créature. Sa tête était entièrement blanche, sa crinière, sa queue et le bas de ses jambes, sombres, d'un gris presque noir. Elle tendit ses doigts fins et caressa doucement l'encolure de la jument. Elle l'aimait déjà.

– Elle vient d'Angleterre. Du Kent.

– Comment avez-vous fait pour la faire venir si vite ?

– Elle était déjà en route pour les foires d'Aberdeen quand Eachann l'a repérée. Elle était destinée à la course mais le marchand ne prenait pas les réservations. Eachann a su être très convaincant, conclut-t-il avec un sourire.

Devant l'air songeur persistant de la jeune femme, il expliqua avec sobriété :

– Je l'ai envoyé à l'est pendant votre agonie. Vous aviez perdu votre jument et je voulais que vous ayez votre propre monture le jour de notre mariage. Il a été très efficace, Dieu merci. Ils sont arrivés il y a une heure. Les palefreniers ont juste eu le temps de lui refaire une beauté pour vous. Mais nous devrions peut-être la laisser se reposer du voyage. Je vous propose de l'essayer dès demain.

– Avec grand plaisir.

Abandonnant la bête aux bons soins des garçons d'écurie, Ian et Alannah poursuivirent leur promenade et montèrent sur les remparts.

– Je suis navrée qu'en retour, ma dot n'arrive que dans trois semaines, soupira Alannah.

– Ne vous en faites pas pour cela, ma dame. Il est normal que votre père ne l'ait expédiée qu'à l'annonce de la date officielle de notre mariage. Et je n'ai envoyé les pigeons qu'il y a trois jours.

– Si les chemins sont aussi boueux que la dernière fois, les coffres risquent de ne pas passer. Il faudra probablement aller à leur rencontre avec des mules, d'autres chevaux…

– D'ici-là, les neiges auront fini de fondre et les chemins seront plus secs. Mais je vous promets, cette fois, d'envoyer une escorte à la rencontre des hommes de votre père dès qu'ils arriveront sur mes terres du Lennox. Je les ferai attendre à Dunbarton. Ils seront accompagnés sur toute la traversée des montagnes. J'ai aussi demandé par message que vos livres soient de nouveau joints au convoi. Cette fois, nous ne manquerons pas de les transporter jusqu'ici.

– Je vous remercie, Ian.

Arrivés à une échauguette, ils s'absorbèrent dans la contemplation du loch qui, d'un bleu immaculé, reflétait sans ciller la course des nuages. Ian prit la jeune femme dans ses bras.

– Alannah ? murmura-t-il contre ses cheveux.

Elle leva les yeux vers lui.

– Me laisserez-vous vous toucher, ce soir ? demanda-t-il avec charme.

Elle rougit, ne répondit pas mais posa sa tête contre sa poitrine.

***

– S'il ne le fait pas, c'est moi qui vous emmènerai ! déclarait Joan d'une voix ferme en s'escrimant sur la couronne de fleurs. De toute façon, il vous emmènera forcément bientôt. Inveraray reste la capitale de la seigneurie, il sera bien obligé d'aller vous y présenter. C'est là-bas qu'il a le château de ses ancêtres, vous savez !

– S'il a sa demeure familiale à Inveraray, pourquoi n'y réside-t-il pas ?

– A la mort de son frère, Ian a commencé à passer encore plus de temps dehors. Il découchait tout le temps. Je crois qu'il ne supportait plus de rentrer au château et de ne pas y retrouver Finn. Ils avaient toujours partagé leur chambre… Quand son père est mort et qu'il a hérité de son titre, il est venu s'installer à Kilchurn. C'était une de leurs résidences secondaires. Ian disait que, de toute façon, il avait horreur de la ville. C'est un homme de plein air !

– J'ai vu.

– Il reste que, pour la bonne gouvernance de la seigneurie et de ses comtés, il est obligé de s'y rendre régulièrement pour y régler les affaires importantes. Je lui demanderai de nous emmener la prochaine fois. Je vous ferai visiter ! fit-elle avec enthousiasme. Ah, ça y est ! Celles-ci m'ont donné du fil à retordre, ajouta-elle en tapotant les trois fleurs de daphné qu'elle venait de parvenir à fixer à la coiffure d'Alannah.

– Et vous, Joan, vous êtes restée à Inveraray, n'est-ce pas ?

– Oui, avec notre oncle. C'est lui qui tient la demeure au nom des MacAlistair en l'absence d'Ian. Il était très proche de son père et Ian s'entend très bien avec lui. Et voilàààà ! Vous pouvez tourner la tête. J'ai terminé, conclut-elle, non sans fierté.

Alannah pivota vers le miroir. Une superbe coiffure alliant savamment tresses et mèches plaquées, piquée de perles de nacre et incrustée d'une couronne de minuscules fleurs blanches, ceignait le dessus de sa tête ; en contrebas, on avait laissé à ses longueurs toute leur souplesse et, leur ayant donné un léger effet ondulé, elles tombaient sur les reins de la jeune mariée en voluptueuses vagues blondes et châtain.

On lui avait fait revêtir une nouvelle robe aux couleurs

du clan MacAlistair. A son grand soulagement, Alannah put constater que sa coupe était bien plus sobre que celles qu'Ian lui avait fait revêtir lors de leurs deux premiers repas pris ensemble. D'un velours moiré couleur de sapin, cintrée à la taille, elle lui couvrait la gorge et de ses manches ajustées partaient de longs voiles de soie d'un vert plus tendre, translucide. De ses hanches, sa robe se répandait en larges pans alternant velours et mousseline. Une cape d'un blanc virginal, en soie doublée d'hermine, avait été fixée à ses épaules par des broches en argent. Un bouquet de lys blancs à la main, Alannah prit une profonde inspiration.

En la voyant s'approcher de lui dans la grand-salle, angélique et majestueuse, Ian avait retenu sa respiration. Cette femme allait enfin être sienne. Plus rien ne pourrait l'empêcher de l'épouser.

– Vous êtes plus belle que jamais, ma dame. Si vous me le permettez, j'aimerais compléter votre superbe toilette.

Sortant d'un petit écrin un collier ras-du-cou d'or et d'argent, serti de diamants, de jades et d'émeraudes, il passa derrière elle et, dégageant avec tendresse ses longs cheveux dorés, en fixa le fermoir sur la délicate nuque de marbre blanc. Portant sa main à sa gorge, prise de court, Alannah ne savait que dire.

– Ian ! c'est…

– Non, ne dites rien. Il était fait pour vous. Regardez, fit-il en indiquant du menton un petit miroir à main que Ceit avait apporté avec elle dans les pans de sa jupe.

Puis, lui présentant son bras, il la conduisit avec bonheur à la chapelle.

La cérémonie religieuse fut sobre et simple, mais bien faite. Alannah put constater qu'en dépit de sa fréquentation peu assidue des bancs de l'Eglise, Ian savait se tenir et, pour ce qui était de la célébration de son mariage, respecter les codes en vigueur. Un dais aux couleurs du clan et brodé d'or et d'argent fut tenu au-dessus de leurs têtes par quatre chevaliers tout au long de la cérémonie. On lut leurs généalogies. Ian prononça ses vœux en anglais, Alannah, en gaélique – le père Ryan lui en avait appris la formule la veille. Le prêtre leur rappela les devoirs conjugaux réciproques et bénit le jeune couple.

La chapelle était bondée. Ian avait revêtu son plus beau plaid, et, claymore au côté, avait troqué ses sempiternelles bottes fourrées contre une paire de bottes en feutre vert. Après l'échange des anneaux nuptiaux, six chevaliers avaient entonné une ode en gaélique, accompagnant de leurs voix graves la sortie des jeunes mariés. Alannah, au bras de son mari, exultait. Dans la cour, les gens du château, les habitants de Dalmally, et même plusieurs familles d'artisans venues d'Inveraray et des villages riverains du loch, acclamèrent le nouveau couple dans une pluie de pétales multicolores avant de joindre leur voix à celles, graves et profondes, des chevaliers.

Dans la grand-salle, chacun prit place selon son rang. Sur l'estrade érigée pour l'occasion, de part et d'autre des jeunes mariés, à la longue table faisant face à la cheminée sur près de vingt toises de long, les membres de la famille d'Ian ; ses oncles et leurs épouses, ses cousins, son demi-frère, la famille de sa mère et un envoyé de la famille d'Harcourt, représentant en commerce pour le compte du père de la mariée à Stirling. Il avait apporté avec lui, à dos de mulet, deux fûts de clairet tout droit importé de France. Fervent amateur de vins français, le comte du Northumberland en avait développé un commerce prospère et comptait des clients fortunés jusqu'à Inverness.

Les mormaers, toísechs et chefs des clans alliés d'Ian occupaient en contrebas les premières places des deux tables dressées perpendiculairement à la table d'honneur, à ses deux extrémités. Suivaient, en s'éloignant du seigneur d'Argyll et de son épouse, les représentants d'Ian sur ses îles d'Arran, d'Islay et de Jura, les régisseurs de ses autres forteresses, ainsi que ses lairds et leurs compagnes. Les compagnons d'armes d'Ian qui n'étaient pas de son sang. Puis, en bout de rang, plusieurs óchtigerns venus des quatre coins de la seigneurie d'Argyll. Environ deux cents convives en tout. Certains d'entre eux avaient dû partir dès réception des pigeons voyageurs et chevaucher à un train soutenu pendant deux jours pour arriver à temps. La brusque décision d'Ian avait pris de court la plupart des convives. Certes, sa promise avait passé près de trois semaines à Kilchurn avant qu'il n'annonce officiellement leur union et ne fixe une date, mais ensuite, tout était allé très vite.

Dehors, paysans, bergers, artisans et domestiques avaient pris place dans un joyeux désordre autour des planches dressées sur des tréteaux et exceptionnellement recouvertes de nappes blanches pour l'occasion. Le seigneur Ian s'était montré très généreux pour son mariage. Des torches avaient été fichées toutes les trois coudées[30] tant en extérieur qu'en intérieur et de grandes gerbes de fleurs suspendues à chaque pilier, chaque porte, chaque fenêtre. Un grand feu de joie avait été allumé au centre de la cour.

Dans la colossale cheminée de la grand-salle, deux troncs d'arbres brûlaient avec entrain. On avait laissé libre l'espace au centre du carré formé par l'immense foyer et les trois tables pour les jongleurs, conteurs et autres ménestrels qui égaieraient les entremets.

Quand tout le monde eut pris place, sur un geste d'Ian, Màiri fit apporter les fruits, puis les entrées. Un cortège de serviteurs monta des cuisines et déposa une série de plats de différentes qualités devant les convives. Huîtres et crus-

---

[30] Ancienne unité de mesure correspondant à la longueur entre le coude et l'extrémité du majeur (environ un pied et demi, soit cinquante centimètres).

tacés en paste, galimafrée de veau aux fruits secs, mille-feuille de panais au jus de truffe, omelettes, rillons. Chaque convive était invité, selon son rang, à se servir dans les plats disposés devant lui.

Des musiciens avaient pris place devant la cheminée et jouaient des airs entraînants dans un style qu'Alannah ne connaissait pas. Elle retrouva le son langoureux du pìob, la douceur de la harpe, mais également le rythme entraînant d'un tambourin et la légèreté d'une flûte. Un joueur de viole s'était également joint à la troupe et relevait agréablement l'ensemble de la vivacité de ses mouvements.

Lorsqu'on commença à desservir les plats vides, les musiciens firent place à un conteur à l'étrange costume bleu et vert brodé d'algues. S'avançant à pas feutrés, le visage également peint en bleu, les yeux cernés de noir, il commença d'un ton mystérieux :

– Ce soir, gentes dames, nobles seigneurs, je m'en vais vous raconter l'histoire de l'each uisge de l'île de Skye…

– Hear, hear ! s'exclamèrent quelques convives avec enthousiasme.

– Qu'est-ce qu'un « each uisge » ? chuchota Alannah en se penchant vers Ian.

– Un cheval d'eau mangeur d'hommes. Vous allez voir.

Le conteur s'exprimait en scot. Avec de grands gestes dramatiques, il commença son récit.

– C'était un each uisge des mers – ce sont les plus féroces. Sous sa forme humaine, c'était un magnifique aristocrate aux cheveux d'un blond vénitien étincelant. Il était beau, très élégant, et séduisait les plus belles femmes du pays – comme vous, Lady MacAlistair, fit-il en adressant une pompeuse révérence à l'intention d'Alannah.

Elle rougit.

– *Un seul* détail permettait aux plus fines d'entre elles de reconnaître ce qui se cachait vraiment sous ce charme trompeur – le connaissez-vous ?

– Ses cheveux ! hurlèrent de concert toutes les dames.

– *Ses cheveux*, en effet, reprit le poète. Ses cheveux parsemés d'algues et d'herbes marines ! Mais la plupart, subjuguées, tombaient dans le piège !

Un frisson parcourut l'assemblée.

– Sous sa forme chevaline, Each Uisge trompait tout autant ses victimes : il les incitait à monter sur son dos... mais dès qu'il entrait dans l'eau, sa peau adhérait à celle des malheureux cavaliers qui ne pouvaient plus s'en décoller ! L'animal alors les noyait... avant de les dévorer tout crus !

Un « oh » horrifié parcourut l'assemblée. Alannah, d'ordinaire peu friande de mythes et de légendes, appréciait le talent du conteur qui savait transporter son auditoire. Très droite sur son siège, elle contemplait le visage des spectateurs. Elle remarqua que, les yeux écarquillés, plusieurs dames avaient porté leur main à leur gorge.

– Et ce n'est pas tout ! reprit l'homme avec suspens.

Il parla des bêtes, des vaches, des troupeaux entiers de moutons qu'engloutissaient ces monstrueux chevaux marins. Du danger de rôtir de la viande dont le fumet les attirait inexorablement hors de l'eau...

– Qui sait si ce soir, au moment des rôtis, des grillades, des plats mijotés, ces nobles seigneurs et gentes dames ne courront pas un terrible danger ?

Et le poète de conclure son histoire de quelques sentences philosophiques sur la portée symbolique de cette légende.

Ces derniers mots furent accueillis d'une salve d'applaudissements frénétiques. On frappa les tables, on tapa du pied sur le sol. Le conteur se fondit dans une profonde révérence en direction du maître des lieux et de sa jeune épousée, et, s'enveloppant de sa longue cape d'eau, s'échappa d'un pas leste. Les musiciens entamèrent de nouveaux morceaux de leur répertoire engageant.

Aussitôt, on apporta les soupes. Puis les produits de la mer. Un joueur de cor annonçait la liste des mets sur le point d'être servis.

– Filets de rouget à l'escabèche, coquilles Saint-Jacques à la crème de corail, assortiment de langoustes de l'île d'Arran, aile de raie en aillée, ailerons de dauphin aux deux coriandres, émincé de phoque sur sa gelée d'écrevisses.

La richesse du clan MacAlistair dépassait tout ce à quoi Alannah avait pu s'attendre. Elle allait devoir en apprendre un peu plus sur le compte de son mari. La virevoltante Joan s'acquittait à merveille de sa mission d'ambassadrice du clan, mais pour ce qui était des questions économiques, Alannah aurait probablement à s'adresser directement à son époux, qui semblait avoir à cœur de tout administrer lui-même. Si elle devait gérer les affaires du domaine en l'absence d'Ian, comme il était attendu d'une châtelaine et femme de cenn, il lui faudrait prendre connaissance de l'étendue exacte de ses nouveaux domaines, de leur géographie et de leurs revenus.

Un numéro d'équilibristes agrémenta l'entremets, suivi d'une chanson de geste, puis on apporta les rôts et plats en sauce.

– Coqs de bruyère en pièce montée, émincé de basse cour à la fleur de thym, mitonné de cerf des terres d'Argyll, rôt de renne au gingembre, cygne caramélisé à la pomme et ses deux oisons...

Des écuyers-tranchants découpèrent les pièces de viande et invitèrent les convives à se saisir des morceaux leur convenant dans les plats centraux. Sur des dessertes placées en retrait, derrière des paravents, une armée de serviteurs s'activait à découper les chevreaux et plats de venaison, décortiquer la volaille, proposer les accompagnements. On fit circuler les pastés de poires, les galettes de froment, les asperges lardées au safran. Au centre de la table d'honneur, de petits pots d'épices invitaient chacun à se servir de son auriculaire : muscade, garingal, poivre rond, graines de paradis, clou de girofle, un vaste choix pour des hôtes de prestige. Le clairet du comte Henri de Northumberland fut également proposé à cette table. Ailleurs, l'uisge beatha et l'hydromel coulaient à flots. Les échansons couraient d'un convive à l'autre, les verres se vidaient, se remplissaient, à un rythme effrayant. A la fin de chaque service, les restes les moins nobles étaient apportés dans la cour et servis en complément des maquereaux, des sangliers, des quartiers de poitrine salée, du hachis de morue, de la soupe d'orge épaissie de glands et de la porée de navet qui constituaient le festin des petites gens.

Sous un « Aaaah ! » de satisfaction, notre conteur revint distraire la noble assistance entre les rôts et la desserte. Il s'était changé et avait revêtu une combinaison noire moulante ; un médaillon blanc décorait sa poitrine, une longue queue s'échappait de l'arrière de son costume, deux oreilles pointues s'érigeaient au sommet de sa capuche de feutre, et ses joues étaient striées de longues moustaches noires. Il se déplaçait avec souplesse, d'un pas fauve.

– Cat Sìth était la plus cruelle des sorcières de la lande. Née seule et immortelle, elle jalousait les hommes, qui pouvaient aimer, s'unir et savourer l'éphémérité de la vie avant de laisser leur âme rejoindre les dieux. Pour se venger, elle se transformait parfois en un énorme chat sauvage et hantait la lande pendant des mois entiers. On la reconnaissait à son pelage noir lustré et à son poitrail blanc. La nuit de Samhain[31], Cat Sìth hantait les villages et passait de masure en masure. Si on lui avait laissé un bol de crème

[31] Fête celtique marquant la fin des moissons et le début de l'hiver, entre le 31 octobre et le 1er novembre. L'une des quatre fêtes saisonnières gaéliques, avec Imbolc, Bealtaine et Lughnasadh.

sur le pas de la porte, Cat Sìth bénissait la maisonnée. Mais si on avait le malheur de l'avoir négligée… elle lui jetait un sort. Les pis des vaches s'asséchaient, les seins des femmes se flétrissaient, le lait venait à manquer et tous les nourrissons de la mesnie mouraient.

Il raconta ensuite comment Cat Sìth, pour se métamorphoser, avait besoin d'une nuit sans lune. Comment, si l'on croisait son chemin, elle vous portait malheur. Comment, sous sa forme de fée, elle volait l'âme des défunts si l'on n'y prenait pas garde : que, si on avait le malheur de la laisser survoler la dépouille avant l'enterrement, elle aspirait l'âme du mort avant que celle-ci n'ait pu être réclamée par les dieux.

– Mais heureusement, les dieux, furieux d'être privés de tant d'âmes valeureuses, prirent la défense des hommes ! reprit-il avec suspens. Ils prévinrent Cat Sìth qu'à sa neuvième transformation, elle serait condamnée à rester chatte pour le reste de l'éternité.

L'histoire voulait que Cat Sìth, trop amoureuse du goût du lait, n'ait pas résisté à la tentation. Elle perdit tous ses pouvoirs et fut condamnée à garder l'apparence d'un énorme chat noir et à errer dans la lande pour l'éternité. Mère de tous les chats sauvages d'Alba, elle en fit des êtres maléfiques, mais aussi pourvus d'une aura particulière. Ils étaient dotés de neuf vies, et il se disait que quiconque avait le courage d'en adopter un noir pourvu d'une tache blanche serait assuré d'un grand pouvoir.

Alannah écoutait ce vieux conte païen avec fascination. Elle ne croyait pas non plus un mot de cette histoire, mais force était d'admettre qu'en Angleterre aussi, on tenait le chat pour une créature du Diable et, qu'à l'inverse du chien, il n'était pas le bienvenu au sein des foyers…

Le poète s'éclipsa d'un pas félin sous un tonnerre d'applaudissements.

Enfin vint la desserte, suivie de l'issue.

– Pommes au four et à l'eau de rose, composte de fruits secs, poires à l'hypocras, figues, prunes séchées, gaufres et hyprocras, annonça le sonneur de cor d'une voix solennelle. Ian se pencha vers sa jeune épouse.

– Vous n'avez pas eu l'air effrayé par cette terrible histoire non plus, remarqua-t-il. Pourtant, toutes les dames ont eu peur.

– Je ne suis pas superstitieuse.

– Vous me surprendrez toujours, ma dame. Naïve et innocente quand il s'agit des hommes, sage et réfléchie quand il s'agit des choses.

On entonna la première carole. On se leva avec fracas, on dansa, on tourna. S'ensuivit une tresque. Puis une estampie. Puis, de nouveau, une carole.

Dehors, la fête battait également son plein. Le seigneur MacAlistair avait eu la générosité d'offrir à ses gens un joueur de lyre, un flûtiste et un pìobaire. Là aussi, au rythme effréné des instruments, on farandolait, on sautait, on virevoltait, sous la voûte étoilée. On distribua au peuple des œufs, des petits pains de seigle, des galettes au miel, des oublies. La fête dura presque toute la nuit. Bien après que le seigneur MacAlistair et sa jeune épouse se furent retirés.

***

Nellie et Màiri s'étaient chargées de préparer Alannah pour sa nuit de noces. Elles avaient dénoué sa coiffure, retiré les perles, les fleurs, les attaches. On l'avait déshabillée, rapidement baignée, rincée à l'eau de rose. Enfin, on lui avait fait revêtir une chemise de nuit spécialement brodée pour l'occasion. On avait dispersé des pétales de rose sur les nattes de jonc. On avait tiré les courtines du lit de la jeune châtelaine et on l'y avait allongée, disposant sur son oreiller ses longs cheveux blonds en une couronne impeccable. En l'absence d'une mère, c'était la vieille intendante, Màiri, qui s'était chargée de prodiguer les quelques conseils de rigueur à la jeune mariée. Bienveillante, elle avait cru bon d'ajouter :

– Ne vous inquiétez donc pas, ma toute belle, le seigneur Ian est réputé pour être un amant très doux… Tout se passera bien, vous verrez.

Quand Ian vint retrouver sa femme dans sa chambre ce soir-là, il eut la surprise de la trouver de dos, debout face au feu, bras croisés sur la poitrine, tendue. Il ferma la porte derrière lui et s'approcha d'elle.

– Quelque chose ne va pas, Alannah ?

– Si, si, ça va très bien, merci, répondit-elle sèchement.

Il se posta derrière elle, posa ses deux mains sur ses épaules et la caressa doucement du bout des pouces. Un instant, il vit le moment où sa femme allait trouver le moyen de se refuser à lui le soir même de sa nuit de noces. Il décida de chasser cette pensée.

– Alannah, vous m'avez semblé heureuse toute la soirée. Et d'un seul coup, vous voilà en colère. Vous ne voulez pas me dire ce qui vous contrarie ?

– Je n'ai aucune raison d'être contrariée puisque tout va bien se passer.

– Mais… oui… répondit Ian, sans comprendre.

– Tout va bien se passer parce que vous êtes un amant très doux.

– Je ne sais pas comment se comportent les autres hommes avec les femmes, mais… je pense, oui.

Il sentait gronder l'orage, sans savoir encore d'où il allait venir. Ni où et quand il allait frapper.

– Tout va bien se passer parce que vous êtes un amant très doux et que tout le monde le sait.

– Euh…

– Tout va bien se passer parce que vous êtes un amant très doux et que tout le monde le sait parce que vos manières comme vos maîtresses sont connues dans toute l'Ecosse.

– Alannah…

– Quoi, Alannah ?

– Nous en avons déjà parlé. Il est normal que j'aie connu des femmes avant vous. Mais aucune ne m'a inspiré les sentiments que j'éprouve pour vous. Aucune femme n'a jamais compté… jusqu'à aujourd'hui.

– Et vous ? fit-elle d'un air de défi.

– Moi ?

– Que diriez-vous si j'avais moi aussi eu des amants, de *nombreux* amants, avant de devenir votre femme ?

Ian se rembrunit. Son regard se fit dur. Un léger pli fronça son nez. Il retira ses mains.

– Ce n'est pas pareil.

– Et pourquoi, je vous prie ?

– Parce que vous êtes une femme, Alannah !

– Et une femme n'a pas le droit d'avoir des amants ? De connaître les joies de l'amour ? D'avoir du plaisir ?

Elle s'était retournée et le fusillait à présent du regard. Elle était furieuse. Elle était blessée. Elle le provoquait délibérément. Ian tenta de calmer la colère qu'il avait sentie monter en lui à l'idée qu'Alannah eût pu appartenir à un autre. Il prit ses épaules chétives entre ses mains et plongea son regard dans le sien.

– Avec moi, je vous promets que vous en aurez, du plaisir.

– Parce que vous en avez donné à d'autres, c'est ça ? Et je devrais m'en réjouir, je suppose ? répliqua-t-elle en se dégageant.

Il l'attrapa par le bras.

– Alannah, regardez-moi !

Un silence pesant s'ensuivit. Ian se refusait à mentir. Mais il ne savait plus comment dissiper le dépit qui s'emparait de celle qu'il aimait. Il sentait la situation lui échapper. Il décida de miser sur l'intelligence de la jeune femme.

– J'ai connu des femmes, c'est vrai. Plusieurs, mais certainement pas autant que ce que vous semblez croire. Je n'en ai aimé aucune. Je n'ai souhaité en épouser… aucune.

Il lui prit les deux mains.

– Jusqu'à vous, Alannah.

Elle sentit son odeur. Cette odeur bien à lui. Cette odeur de chaleur. Cette odeur d'homme. Ses narines s'en enflèrent imperceptiblement. Elle ne résistait pas à cette odeur.

Mais son cœur la serrait. Elle se sentait humiliée. Elle se sentait insignifiante. Une lancinante impression d'arriver après tant d'autres, de n'être qu'une figurante dans la vie de celui qu'elle aimait, qu'une énième conquête, lui broyait le cœur comme un étau.

– Alannah…

De ses pouces distraits, il lui caressait les poignets. Il leva une main et lui effleura tendrement le bras. L'épaule. Le cou. Sa large paume enroba la joue rose de colère, l'arête de la mâchoire, et ses doigts glissèrent derrière son oreille, sous la racine de ses cheveux. Le regard d'Alannah se voila. Son cœur se mit à battre plus fort. Sa poitrine se souleva.

La main d'Ian était chaude. Elle était puissante. Une fraction de seconde, Alannah se sentit vulnérable. Cet homme était si fort. Si grand. Si séduisant, aussi. Son buste, insensiblement, s'était rapproché d'elle. Il remonta son autre main le long de la manche de soie de la jeune femme et vint la refermer sur la partie tendre de son bras. Elle leva ses yeux meurtris vers lui.

– Je suis fou de vous, Alannah.

Il se pencha et lui posa un baiser tendre comme une larme sur la joue. Puis sur la pommette. Sur le sourcil. Au coin des longs cils blonds. Il sentit la peau juvénile frémir sous la douceur de ses lèvres. Il sentait aussi le corps d'Alannah rester crispé sous ses doigts. Les yeux fermés, les traits tendus, elle résistait. Ses lèvres effleurèrent son oreille et, détournant la tête, elle ne put réprimer un frisson. Sa joue s'enfonça dans la paume d'Ian qui se fit plus ferme. De ses lèvres sensuelles, il embrassa sa nuque et le muscle tendu de son cou qu'elle lui offrait malgré elle. Il glissa sa main sous la chevelure de la jeune femme et saisit avec douceur et fermeté la racine de ses cheveux pour lui pencher la tête en arrière. Son autre main quitta le bras d'Alannah et vint dénouer les cordons de la chemise tendue sur les seins pleins et le buste cambré de ce corps délicieux. Sa bouche descendit le long de son cou, dessina le contour de sa mâchoire, de son menton, descendit sur sa gorge. Ses doigts agiles avaient fini de desserrer les lacets de la fine chemise de nuit, et terminaient de dégager les deux ravissantes épaules. Il caressa du plat de la main leurs contours bombés, leur chair haletante. La respiration d'Alannah s'était faite profonde et saccadée. Elle lâchait prise.

Ian se redressa de toute sa hauteur et la contempla. Les yeux fermés, elle se rendait à lui. Alors, lui emprisonnant un sein d'une main, il s'empara de sa bouche. Dans un gémissement, elle lui rendit son baiser. De tendre, il devint fougueux. Ian porta ses deux mains à sa taille, les pressa contre le dos fragile et l'étreignit en écrasant impétueusement ses lèvres contre celles de sa jeune épouse. Il la sentit fondre. Passant ses doigts fins dans les cheveux d'Ian, elle pressa son visage contre le sien et lui offrit ses lèvres affamées. Les mains d'Ian parcoururent son corps avec fièvre, caressèrent le contour de ses seins, descendirent le long de son ventre, saisirent ses deux jeunes fesses fermes et tendres à la fois. Sa respiration devint bruyante, son souffle, court.

Enfin, il la souleva sans effort et la déposa sur le lit. Il se redressa, fit passer sa propre chemise par-dessus sa nuque et la retira. Tous ses muscles étaient bandés par le désir de posséder la jeune femme. Il s'allongea sur le flanc à côté d'elle et entreprit de la déshabiller, avec lenteur tout d'abord, puis avec transport. Il libéra enfin entièrement le fin corps d'albâtre de son écrin de soie. Il réalisa qu'il n'avait pas revu la jeune femme nue depuis le premier soir où il l'avait surprise dans son bain. Elle était encore plus belle que dans son souvenir. Elle était à lui.

Du plat de la main, il effleura la surface de son corps, des chevilles aux épaules. Ses doigts revinrent souligner les courbes des deux délicieux monts blancs aux sommets roses dressés vers le ciel. Accoudé sur le côté, il se pencha et en saisit un, le plus palpitant, entre ses lèvres. Elle s'arc-bouta malgré elle sous sa caresse. Ian sentait son propre désir croître, devenir insoutenable. Le parfum fleuri de la jeune femme, son grain de peau, sa vulnérabilité, l'enivraient. Son membre viril n'y tenait plus. Il lui semblait que, sous l'effet de la pression, il était sur le point d'imploser. Il dénoua les cordons de ses braies et le libéra. Alannah, qui avait ouvert les yeux, esquissa un mouvement de recul.

– N'aie pas peur, lui chuchota tendrement Ian.

Basculant sur elle, il la couvrit de son corps musculeux. Sa peau était chaude, légèrement velue par endroits, ses muscles durs sous les doigts de la jeune femme. Tout en lui respirait la détermination, la vigueur, la hardiesse. Appuyé sur ses coudes de part et d'autre du visage d'Alannah, il goûta de nouveau ses lèvres charnues, avec douceur, puis avec passion. Se libérant une main, il emprisonna son épaule fraîche et lui prit pleinement la bouche. Elle gémit. Elle sentit son sexe dur contre ses cuisses. Sa langue contre ses lèvres, entrouvrir sa bouche, s'y glisser, s'emparer d'elle. Sa main glisser le long de ses côtes, de sa taille, de sa hanche, de son aine, et venir délicatement, mais fermement, écarter ses cuisses qu'elle avait inconsciemment tenues serrées l'une contre l'autre. Il glissa son bassin entre ses jambes. Elle sentit une vague de tension monter en elle. Leurs baisers se firent plus avides, leurs mains, impatientes, leurs lèvres, impétueuses. Elle pressait à présent son joli corps contre le sien, cherchait furieusement son contact, moulait ses seins sur la vaillante poitrine qui la dominait de toute sa largeur.

Enfin, une main sur sa hanche, Ian entra doucement en elle. Elle sentit la lance de peau et de chair dure s'introduire en elle, forcer le passage entre les replis de son intimité, avec tendresse mais détermination. Une douleur aiguë lui déchira les chairs. Elle ferma les yeux et étouffa un cri dans l'épaule musculeuse contre laquelle elle avait pressé son visage. Ses cuisses avaient instinctivement cherché à se refermer, mais elles rencontrèrent le contact ferme et intransigeant des hanches d'Ian. Il chercha sa bouche du menton, lui prit de nouveau les lèvres et renversa la tête de la jeune femme de la force de son large cou.

Puis il commença à se mouvoir en elle avec lenteur. Il sentit les ongles fins s'enfoncer dans la chair de son dos. Alannah avait mal, elle gesticula sous le lourd corps de bronze. Il entreprit un délicat mouvement de va-et-vient d'une oscillation agile du bassin ; il reculait, semblait se retirer, puis s'enfonçait chaque fois plus intimement en elle. Petit à petit, la douleur s'estompa et Alannah prit conscience de la présence de ce sexe d'homme en elle et des sensations qu'elle faisait naître dans le bas de son ventre. Il sentit le jeune corps se détendre, sa bouche recommencer à lui rendre ses baisers, ses mains se poser inconsciemment sur ses omoplates, sur ses épaules, sur les muscles épais dépassant de son large dos au niveau des aisselles, qu'elle palpait, pressait, saisissait. Sous les ondulations du corps léger qui commençaient à l'accompagner, Ian sentit la pression monter, devenir insupportable, un élancement lui saisir les entrailles. Ses baisers devinrent fougueux, sa langue, audacieuse, s'inséra pleinement dans la bouche de la jeune femme. Une main sous la nuque d'Alannah, il glissa l'autre sous ses reins et lui saisit pleinement une fesse. Son corps athlétique s'arqua, se raidit et, dans un soubresaut ultime, il se coula au plus profond de la jeune femme dans un souffle rauque. Alannah sentit un fluide chaud et doux glisser en elle. Pressée contre lui par ces mains solides, elle n'osait plus bouger. Elle s'enivra de l'odeur décuplée de son mari.

Enfin, il desserra son étreinte. Délicatement, il la libéra de sa présence et roula sur le dos, ouvrant son large poitrail vers le dais au-dessus d'eux, l'amenant contre lui, le souffle court. Alannah posa la tête contre son épaule sans mot dire. Un indicible mélange de délectation, de bonheur et de honte tourbillonnait dans son esprit. On lui avait bien recommandé de ne pas bouger, de se laisser faire. Mais elle avait ondulé, elle avait épousé ses mouvements de va-et-vient, elle lui avait rendu ses baisers avec ferveur, elle s'était frottée contre lui comme une vulgaire fille de joie – et elle avait aimé ça.

– Quelque chose ne va pas, Alannah ?

Il avait senti contre lui le petit corps entrer progressivement sous tension. Il se redressa sur un coude et tourna son buste sculptural vers elle. Ses muscles abdominaux se dessinèrent sous la peau lisse de son ventre.

– Tu as encore mal ?

Elle secoua la tête et évita son regard.

– Tu m'as trouvé trop brutal ?

– Oh, non ! Ce n'est pas …

Les mots moururent sur ses lèvres et elle rougit. Comme elle gardait les yeux baissés, il lui prit le menton et la força à le regarder. Il se sentit plonger dans les ondes abyssales de ses immenses yeux de jade. Elle était magnifique. Tant de candeur... Cette femme n'avait aucune idée de l'impact, de l'emprise même, qu'elle avait sur lui. Elle n'avait conscience ni de sa beauté, ni de l'extrême sensualité qui se dégageait d'elle à chacun de ses mouvements. A la confluence de tant d'innocence et de félinité, il sentit le désir naître de nouveau en lui.

– Tu crois que je ne suis pas satisfait de toi, c'est ça ?

Il se pencha, pressa son buste contre la jeune femme et lui embrassa délicatement les lèvres. Sa bouche charnue se fit suave, sensuelle, puis exigeante. Ses mains tenaient solidement Alannah contre lui. Il les laissa courir sur le dos étroit de la jeune femme, caresser sa peau satinée, épouser les courbes de ses hanches. Peu à peu, il sentit le petit corps devenir lascif. Les délicates mains blanches parcoururent la saillance de ses pectoraux, le bosselé de ses abdominaux, ses hanches étroites, et commencèrent inconsciemment à se perdre dans la toison brune qui commençait à l'aine tandis qu'elle s'abandonnait langoureusement à ses baisers.

Lorsque l'une d'elles s'empara de son membre dressé, il devint fou. Il inséra sa cuisse puissante entre celles, blanches et délicates, de la jeune femme. Instinctivement, à pleine main, elle avait entrepris d'imprimer à sa virilité en érection un voluptueux mouvement de va-et-vient et arcboutait son buste délicat contre le sien. Leur respiration se fit plus haletante, leurs caresses, pressantes. Brûlant d'un besoin soudain impérieux d'assouvir les pulsions qu'elle faisait naître en lui, il la plaqua en arrière, roula sur elle, écarta ses jambes d'un autoritaire mouvement du genou, se positionna et entra en elle sans hésitation.

Il la sentit se cambrer pour l'accueillir. Fou de désir, il appliqua aux mouvements de son bassin un rythme de plus en plus rapide. Alors qu'Alannah gémissait en se tordant sous l'effet du plaisir et avait inconsciemment replié ses genoux de part et d'autre du bassin glissé en elle, il se redressa, l'attrapa sous les fesses et la prit avec une ardeur redoublée. La tête renversée sur l'oreiller, ses longs cheveux châtain étalés sur le lit, le corps arqué de désir, elle fermait les yeux et laissa échapper des gémissements de plus en plus marqués. Quand il se libéra en elle d'un mouvement sec du bassin, elle poussa un léger cri et bascula ses hanches pour l'inviter au plus profond d'elle-même. Il se laissa retomber lourdement sur le côté, hors d'haleine et ramena Alannah contre lui.

Rouge de plaisir et de confusion, elle se blottit et évita de le regarder. La tête lui tournait. Il lui semblait qu'elle ne pouvait plus cesser de désirer ses caresses, de l'avoir en elle, de le sentir se mouvoir entre ses jambes. Elle voulait lui appartenir, encore et encore, jusqu'à l'aube. Et le jour suivant. Et le soir. Et la nuit. Sans discontinuer.

Elle sentait cependant qu'Ian ne pouvait pas pour l'heure donner suite à ses envies. Elle se serait bien gardée de se montrer entreprenante et assez indécente pour lui exprimer le moindre appétit, mais elle n'en espérait pas moins qu'il allait bientôt de nouveau avoir envie d'assouvir ses besoins d'homme.

Sa main fourrageait distraitement dans ses cheveux bruns.

– Vous n'avez pas les cheveux longs, commenta-t-elle.

– Pourquoi, j'aurais dû ?

– On m'avait dit que tous les Ecossais avaient les cheveux longs.

– Et que t'a-t-on dit d'autre ?

– Que vous vous peigniez le visage. Pour faire la guerre.

– Nous ne nous peignons plus depuis longtemps, Alannah.

– Et que vous étiez un peuple féroce au combat.

– Je pense que tout peuple qui se bat pour sa liberté est un peuple féroce en puissance.

Ian avait repris son souffle et, les yeux au plafond, lui caressait à présent distraitement l'épaule. Cette femme le rendait fou. Il l'avait déjà possédée deux fois, et déjà il en sentait l'envie croître de nouveau en lui. Elle devait être épuisée. Et puis, pour quelle espèce de brute épaisse passerait-il s'il la sollicitait une troisième fois lors de sa première nuit d'amour ? Son corps devait crier grâce. Il devait la laisser en paix.

Mais Ian n'avait pas l'habitude d'étouffer ses envies. Avec la frustration, c'était le désir, un désir persistant, entêtant, obsédant, qui montait en lui. Sans s'en rendre compte, il avait commencé à la caresser avec plus d'insistance. Elle ne semblait pas chercher à se dégager et ondulait légèrement sous ses doigts. Pris d'une envie subite, d'une leste contorsion, il passa par-dessus son corps et vint se placer dans son dos. Il plaqua sa poitrine velue contre les omoplates de la jeune femme, prit sa hanche et vint la caler dans le creux de son bassin.

Affolée par l'indécence de la position, Alannah ne put réprimer une vive excitation en sentant la toison fournie contre ses fesses. Ian passa son autre bras sous le cou de la jeune femme et le referma sur son corps. Ses lèvres caressèrent ses cheveux, l'arrière de son oreille, sa nuque. Honteuse, elle sentit le sexe dru se dresser contre le bas de son dos et son propre désir se décupler.

Il se fit plus pressant. Elle se cambra, lui présenta ses reins avec plus de ferveur et tourna la tête vers lui. Il s'empara goulûment de ses lèvres, décala légèrement l'une des cuisses de la jeune femme, se plaça à l'entrée de son intimité et, la tenant fermement, se glissa en elle. Une plainte lascive s'échappa de la gorge de la jeune femme. La saisissant à la hanche, il se redressa sur un coude et, sans quitter sa bouche, la prit avec ardeur. L'arrondi tendre de ses fesses accueillait la rudesse de son bas-ventre à la perfection. Couchée sur le flanc, elle pivotait peu à peu son bassin de façon à l'accueillir plus profondément en elle.

Elle sentit les mouvements d'Ian se faire plus frénétiques, sa peau claquer contre la sienne. Son cœur battait la chamade, le souffle lui manquait, l'envie qu'il la possède la submergeait. Ian, transporté, se redressa brusquement et se retira d'elle. Prise au dépourvu, elle le sentit placer ses deux mains sur ses hanches, lui pivoter le bassin vers le matelas, la soulever et la placer sur ses deux genoux qu'elle avait, par réflexe, repliés sous elle pour se soutenir. Elle se redressa sur ses bras et sentit la panique la gagner. Il la sentit esquisser un mouvement pour s'échapper. La maintenant fermement par les hanches, il se plaça derrière elle et la pénétra d'un mouvement sûr. La jeune femme poussa un cri plaintif mais, sitôt qu'il eût repris son mouvement de va-et-vient, elle s'abandonna. L'extase peu à peu la gagnait. Le sexe d'Ian se frottait à l'intérieur des replis de son intimité et venait activer des zones de plaisir insoupçonnées. Elle sentit l'excitation monter et gémit tandis que le rythme du bassin d'Ian s'accélérait. Tous les muscles de son corps contractés, Ian sentit la jouissance monter en lui. Agrippant les hanches charnues de la jeune femme à pleines mains, il accéléra encore le mouvement, l'entendit crier de plaisir, et se libéra en elle.

Leurs deux corps s'effondrèrent sur le lit et Ian enveloppa Alannah de ses bras puissants. Ils s'endormirent au jour qui se levait.

Epilogue

Argyll, bords du Loch Awe, 10 juin 1374

La nature renaissante foisonnait de vie sauvage. Les loutres s'ébattaient gaiement dans le lit des rivières, les cailles des blés et les grues cendrées étaient revenues, les martres des pins allaitaient à l'abri des troncs creux. Des couples de mésanges et de perdrix se pressaient dans un mélimélo de brindilles et de baies sauvages. Des agneaux de Soay tétaient frénétiquement, pendus aux pis de leur mère. Les lochs, les étangs, les torrents grouillaient de minuscules poissons argentés, et les troupeaux de chevaux sauvages galopaient sur les flancs des collines herbeuses.

La nature brute et austère de l'hiver s'était parée d'un manteau aux mille couleurs chatoyantes. En guise de bijoux, des grappes de clochettes et de violettes se disputaient la palme du mauve le plus intense. Les fleurs d'ajonc, d'un jaune éclatant, éclaboussaient le paysage de lumière. Les primevères tachetaient la lande de leurs notes chamarrées. Les glens enneigés avaient libéré les eaux de leurs rivières tumultueuses.

Main dans la main, Ian et Alannah se promenaient sur les rives du Loch Awe. Le soleil dardait ses rayons d'or sur sa surface bleue et l'adornait de flaques de lumière. Au sud, ses flots se perdaient à l'horizon entre les croupes bleues des collines qui, au loin, semblaient se fondre en lui. Alannah sentit son cœur gonflé de bonheur. Cette nature était belle à couper le souffle.

– On se croirait au bout du monde… remarqua-t-elle dans un murmure.

– Pour moi, c'en est le centre. Je ne crois pas qu'il puisse y avoir d'endroit plus beau sur cette Terre.

– L'Angleterre est belle aussi…

Ian plongea son regard bleu dans les yeux d'Alannah.

– Elle te manque ?

– Non.

Il prit amoureusement sa femme dans ses bras et, les yeux plissés par la lumière du soleil, regarda le bleu des ondes avec elle.

– Je suis né sur cette terre et je lui appartiens. Et toi aussi, désormais.

Un ange passa. Ils contemplèrent le spectacle du printemps quelques minutes. Lorsqu'Alannah reprit la parole, ce fut pour annoncer d'une voix tremblante d'émotion :

– J'attends un enfant, Ian.

– Je sais.

Elle se retourna, dépitée.

– Comment ça, *tu sais* ?

– Question d'*intuition.*

Comme elle le dévisageait, perplexe et mécontente, il partit d'un grand éclat de rire et avoua.

– Màiri me l'a dit.

– Oh, non ! Elle aurait pu tenir sa langue !

– C'est moi qui lui ai extorqué la nouvelle. Elle était tout émue en te quittant après ton bain hier soir alors je l'ai interrogée. Elle m'a tenu dans ses bras, langé, nourri, élevé. Elle ne peut rien me refuser. Et puis, elle n'est pas très difficile à deviner, ajouta-t-il, taquin.

La mine boudeuse, elle protesta quelques secondes, pour la forme. Ian la prit par les épaules et la retourna vers lui.

– Tu fais de moi le plus heureux des hommes, Alannah.

La serrant contre lui, il ajouta :

– Il faudra un jour que je remercie ton père de t'avoir donnée à moi, même contre son gré. Si tu me donnes un fils, nous lui donnerons son nom. Nous l'appellerons Henri. Henri MacAlistair.

Elle secoua la tête.

– Si nous avons un fils, Ian… répondit-elle. Nous l'appellerons Finn.

FIN

Chers lecteurs

Vous aimez l'Histoire (la grande) ? Vous voulez en savoir plus sur l'Ecosse, le Moyen-âge, l'érotisme et l'amour dans la littérature, les grands mouvements littéraires, l'évolution de la romance, l'univers de *Pour l'amour d'une Sasunnach* ou mes prochaines publications ?

Poursuivons l'aventure ensemble !

Venez me voir sur mon site web :
http://aureliedepraz.com

…ou sur ma page Facebook :
https://www.facebook.com/aurelie.depraz.auteur/

ou encore sur Instagram :
https://www.instagram.com/aurelie.depraz.auteur/

…et gardons le contact ! Vous y découvrirez une myriade de vidéos, de partages et d'anecdotes, mais aussi de nombreux articles sur l'Histoire, la littérature et les univers de mes différents romans.

Et puis, j'adorerais recevoir de vos nouvelles. Envoyez-moi un message, et je me ferai un plaisir d'échanger avec vous, de recueillir vos commentaires et de vous faire partager mes passions et le fruit de mon travail de documentation.

A très bientôt,
Aurélie

Remerciements

Un IMMENSE merci…

… à ma mère, pour son œil rigoureux de traductrice et les recherches fastidieuses qu'elle m'a épargnées vis-à-vis de certaines règles – ô combien particulières – de la langue française ;

… à mon grand-oncle, Jean Mayer, pour sa précision et ses longues heures de correction ;

… à Marine Manlay, pour la réalisation de la seconde couverture de ce roman, sa patience, son efficacité et sa créativité ;

… à ma première lectrice, Nathalie Iris, libraire des Mots en Marge, à Paris, pour ses retours enthousiastes, ses encouragements sincères et ses excellentes suggestions ;

… à mes autres « premiers lecteurs », pour leurs retours circonstanciés, leur franchise, leur soutien ;

… aux Editions Equinoxe et Ouest-France, pour m'avoir autorisée à reprendre certaines recettes des ouvrages *Ma cuisine médiévale*, de Mincka (Editions Equinoxe, 2004) et *Un repas historique au Moyen-âge*, de Françoise de Montmollin (Editions Ouest-France, 2015) ;

… à tous ceux aussi qui m'ont épaulée de leurs compétences, d'un coup de pouce, d'un service : Thibaut, Jean-François, Jean-Christophe, Raymond, Aude…

… enfin à tous mes proches, ma famille, mes parents, mes frères, ma grand-mère, mes amis, pour leur enthousiasme, leur « foi », oserai-je dire, leur emballement dès le début de ce projet et leurs paroles convaincantes dans les moments de doute ;

… et, surtout, à mon compagnon, Julien, pour son indéfectible soutien, à la fois technique, affectif, logistique et

« pratico-pratique » ; pour sa présence, pour sa constance, pour son investissement jusqu'à la finalisation de ce projet ; et pour avoir veillé à me nourrir, quand l'excitation de la créativité « bouillonnante » m'en faisait oublier jusqu'aux réalités les plus terrestres !

A tous, encore, un IMMENSE merci.
Aurélie

Printed in Poland
by Amazon Fulfillment
Poland Sp. z o.o., Wrocław

88105223R00120